Klaus-Jürgen Sparfeld

Herr Kues

***

Für mich und meine innere Unruhe

***

Roman

Herstellung und Verlag: BoD - Books on Demand,
Norderstedt
C 2010 by Klaus-Jürgen Mausi Sparfeld

ISBN 9783839111765

Titelfoto: Klaus-Jürgen Mausi Sparfeld; fotografiert von
Marion Sparfeld

Guten Tag! Darf ich mich Ihnen vorstellen: Mein Name ist nicht Herr Kues, sondern Herr Sparfeld, Herr Klaus-Jürgen Sparfeld. Ich bin der freundliche Herr, der Sie von der Vorderseite dieses Buches anblickt und ich möchte Ihnen eine Geschichte erzählen. Eine vielleicht nicht ganz alltägliche Geschichte, aber eine Geschichte, die es durchaus wert ist, erzählt zu werden, bevor sie in den unendlichen Tiefen der Vergessenheit verschwindet. Nein, Sie brauchen keine Angst zu haben, in dieser Geschichte wird es nicht um mich gehen. Dieses Mal nicht; das holen wir ein anderes Mal nach.

Nun, wovon handelt sie dann, unsere kleine Geschichte? Sie sind bestimmt schon einmal gefragt worden: „Warum machen Sie das so und nicht anders?" Nein, sind Sie nicht? Das ist schade, aber nicht zu ändern. Dann stellen Sie sich doch ganz einfach vor, man hätte Ihnen diese Frage gestellt. Und nun verraten Sie mir, was Sie geantwortet hätten! Vielleicht: „Na, weil ich das schon immer so gemacht habe!" Wahrscheinlich hätte ich an Ihrer Stelle diese Antwort gegeben.

Nehmen wir also weiter an, Sie hätten das auch getan. Sie werden sich nun die Frage stellen: Wozu oder wohin führt uns das? Wohin **Sie** das führt, kann ich nicht beurteilen, mich hat es zu folgender Überlegung geführt: Ist das wirklich so?

Tue ich etwas in dieser Art und Weise, weil ich es immer schon so getan habe oder kommt es mir nur so vor, als hätte ich es immer schon so getan? Habe ich mich unter Umständen nur ganz einfach daran gewöhnt, etwas so oder so zu tun?

Ich sehe Ihre gerunzelte Stirn. Sie fragen sich allmählich: „Wozu all diese Fragen?" Ihre Ungeduld ist durchaus berechtigt.

Hier nun die Antwort, bevor sie gänzlich die Geduld mit mir verlieren: Ich will Ihnen jene schon erwähnte Geschichte erzählen. Es ist eine Geschichte, die mir vor einiger Zeit ein guter Bekannter zu Ohren gebracht hat und die mich danach ziemlich beschäftigt hat, bis ich sie irgendwann einfach wieder vergaß.

Jetzt ist sie mir, durch welchen Umstand auch immer, erneut in den Sinn gekommen. Es ist eine zum Teil absonderlich anmutende Geschichte. Es ist die Geschichte von Herrn Kues. Wer nun ist Herr Kues? Herr Kues ist ein ganz normaler Mann. Er wohnt in einer ganz normalen Stadt und übt einen ganz normalen Beruf aus. Kurz gesagt: Er ist ein Mensch wie du und ich. Ein Mensch wie Du und ich? Moment! Oder ist er vielleicht doch ein wenig anders? Nun, sehen Sie selbst und ziehen Sie Ihre eigenen Schlüsse.

Unsere Geschichte beginnt an einem ganz normalen Morgen in einer ganz normalen Stadt in einem ganz normalen Mietshaus. Nur für Herrn Kues war es alles andere als ein ganz normaler Morgen…

I

Es war fast noch dunkel, als er das Haus verließ. Das frühe Aufstehen machte ihm nichts aus. Im Gegenteil, man könnte fast sagen, daß er es liebte, wenn, ja wenn er so ein Gefühl wie Liebe hätte empfinden können.

Herr Kues schüttelte sich leicht, als er aus der Haustür trat. Der Morgen war frisch für einen Tag Mitte Juli. Die Straßen und Bürgersteige waren noch naß vom Regen der letzten Nacht. Langsam sog er die kühle Morgenluft tief in seine Lungen. So, wie er es immer tat. Es ging ihm gut. Eigentlich ging es ihm gut. Es ging ihm so gut, wie es ihm jeden Morgen gut ging. Aber es war eben nicht jeder Morgen. Etwas an diesem Morgen war anders als an all den anderen Morgen zuvor. Das war Herrn Kues nur zu bewußt. Er zitterte leicht, als er an die Ereignisse vor etwa zwei Monaten dachte...

Es war ein ebensolcher Morgen, nur etwas kühler und es war nicht ganz so früh. Er war wie immer in den letzten 25 Jahren schneller als sein Wecker. Er haßte das schrille Geräusch mit dem diese Dinger einem ihre Gegenwart bewußt machten seit seiner frühesten Jugend. Er wußte nicht, weshalb er das tat. Er tat es eben und so wenig es ihn verwunderte, so wenig machte er sich Gedanken darüber oder über all die anderen Dinge in seinem Leben. Es war eben so und deshalb war es gut oder weniger gut.

An diesem Morgen also hatte er nichts anderes getan als an all den vielen anderen Morgen und doch sollte dieser Tag sein Leben von Grund auf verändern – er wußte es nur noch nicht.

Er verließ das Haus wie jeden Morgen. Er sog die Kühle der Nacht in sich auf und setzte sich in Bewegung. Langsam ging er die Straße in der er wohnte bis zum Ende, bog nach rechts in die Hauptstraße ein, die so hieß und auch wirklich eine war.

Um diese Zeit waren nur wenige Autos und noch weniger Menschen unterwegs. Beides kam ihm sehr gelegen, denn er war weder ein Freund des einen noch des anderen. Überhaupt gab es nicht viele Dinge, die er mochte. Wenn er genauer darüber nachdachte, fielen ihm nur sein Schreibtisch, seine Arbeit und seine kleine Wohnung ein. Hätte er sich die Zeit genommen, einen weiteren Moment bei diesen Dingen zu verweilen, wäre ihm vielleicht der Gedanke gekommen, daß „mögen" wohl eher durch ein anderes Verb zu ersetzen wäre. Aber er nahm sich diese Zeit nicht. Niemals.

Er ging die lange Straße hinunter, fünf Tage in der Woche, jahraus, jahrein. Egal, ob es Sommer oder ob es Winter war, ob es in Strömen regnete oder tiefer Schnee lag. Gewiß, er hätte auch den

Bus nehmen können, aber wie schon erwähnt: Er haßte Autos und noch weniger mochte er Menschen.

Vorbei an immer denselben Häusern, immer denselben Geschäften, erreichte er nach einer guten Viertelstunde das alte, rote Backsteingebäude, das mit seinen vier Stockwerken und seiner übermäßig langen Straßenfront wie ein Koloß zwischen den umliegenden Bauten aufragte. Er schritt die fünf Stufen zur Eingangstür nach oben und betrat das Innere des Gebäudes.

Sein Blick fiel auf die verwaiste Pförtnerloge auf der rechten Seite. Bis vor einigen Jahren war das noch ganz anders. Wenn er am Morgen in das Gebäude treten wollte, wurde ihm die Tür durch den alten Brennecke, den Nachtpförtner, geöffnet, noch ehe er selbst dazu in der Lage gewesen wäre. Und obwohl er niemals irgendeine Reaktion hierauf zeigte, geschah es jeden Tag aufs Neue:

„Guten Morgen, Herr Kues! Einen erfolgreichen Tag!" sagte der alte Brennecke und faßte grüßend mit seiner Hand an den Rand seiner Dienstmütze. Wenn Herr Kues nach getaner Arbeit das Gebäude verließ, wiederholte sich die Prozedur – nur, daß es nicht der alte Brennecke war, der ihm die Tür öffnete und einen „Guten Tag" wünschte, sondern seine Tagesablösung.

Der Aufschrei war groß, als im Zuge der üblichen Einsparungen, die es in den letzten Jahren überall gegeben hatte, auch die Pförtner verschwanden. Er selbst konnte die Aufregung nicht verstehen. Als ihm einer seiner Kollegen davon berichtete, wirkte er sichtlich überrascht und sein Gesicht verzog sich für einen kurzen Moment zu Etwas, das man als bedauerndes Lächeln hätte deuten können.

„Ja, es ist schon eine Schande, Herr Kues, nicht wahr?" hatte sein Kollege gesagt. Herr Kues hatte genickt, was seinen Gegenüber ermutigte, über die Vorteile eines Pförtners zu philosophieren. Zum Glück wurde der selbsternannte Philosoph nach kurzer Zeit zu seinem Vorgesetzten gerufen.

„Na dann, Herr Kues. War nett, mit ihnen zu plaudern, bis später, nicht!" hatte er noch gesagt und enteilte dann, dem Ruf seines Vorgesetzten folgend.

Herr Kues hatte erleichtert aufgeatmet. „Das also ist es!" schoß es ihm durch den Kopf. Er hatte bemerkt, daß in den letzten Tagen etwas anders war als sonst. Er hatte das Gebäude noch nie so gerne und befreit betreten und verlassen. Jetzt kannte er die Ursache dafür. Er nahm es zur Kenntnis und verschwendete keinen weiteren Gedanken daran.

Als er an jenem bewußten Tag das Gebäude betreten hatte, passierte er also die leerstehende Pförtnerloge und verschwand wie immer in dem langen Gang zu ihrer linken Seite. Ganz am Ende auf der rechten Seite lag sein Zimmer. Es ging zum Innenhof. Besser hätte er es gar nicht treffen können: Der zwar recht große Hof diente dem Lieferverkehr und war vollständig betoniert. So hielt sich niemand gerne dort auf. Und das war gut so.

Herr Kues betrat sein Arbeitszimmer, legte seine Sachen ab, öffnete das Fenster, sog noch einmal die frische Morgenluft ein und begann mit seinem Tagwerk.

Akte um Akte ging durch seine Hände, er funktionierte wie ein Uhrwerk. Jeden Tag um Punkt 16 Uhr klappte er den Deckel des Schriftstückes zu, welches vor ihm lag, erhob sich von seinem Schreibtisch, schloß das Fenster, nahm seine Sachen und verließ sein Büro.

Nicht jedoch an diesem Tag. An diesem Tag war alles anders. Um die Mittagszeit schob er wie immer die Akten zur Seite und stellte seine Thermokanne mit dem Kaffee auf den Schreibtisch. Anschließend packte er seine Käsebrote aus, um wie immer die nächste halbe Stunde kauend und trinkend zu verbringen.

Er hatte sich gerade den zweiten Becher Kaffee eingegossen, als ein leichtes Zittern durch seinen linken Arm lief. Dadurch verschüttete er etwas von dem Getränk. Er mußte sich erheben, um ein Stück von dem Papier, das in der einen Ecke des Raumes neben dem kleinen Waschbecken lag, zu holen. Noch im Aufstehen fühlte er ein gewisses Taubheitsgefühl und danach eine starke Beklemmung im linken Brustbereich. Seine Hand zog sich zu einer Faust zusammen und er fiel neben seinem Schreibtisch zu Boden.

Dort hätte er wahrscheinlich mehrere Tage gelegen wenn nicht zufällig in dem Moment einer seiner Kollegen, was sehr selten vorkam, sein

Zimmer betreten hätte um nach einer bestimmten Akte zu fragen. Diesem Kollegen verdankte Herr Kues sein Leben.

Nachdem er endlich wieder zu Hause war und an seine Arbeit zurückkehren durfte, verspürte er sogar eine gewisse Dankbarkeit gegenüber diesem Kollegen. Dies änderte sich allerdings schlagartig nach dem nächsten Besuch bei seinem Arzt.

Nach einer endlosen halben Stunde im Wartezimmer saß er diesem gegenüber. Wie oft er diese Situation in den letzten Wochen erlebt hatte, wußte Herr Kues nicht mehr. Er hatte aufgehört, zu zählen. Der Arzt war ein großer, kräftiger Kerl in ungefähr demselben Alter wie Herr Kues.

„Herr Kues, Herr Kues…", sagte er und schüttelte dabei ununterbrochen sein fast kahles Haupt. Seine linke Hand glitt über die Papiere, die vor ihm lagen und stoppten dabei immer wieder an der einen oder anderen Stelle. Dann hörte die Kopfbewegung abrupt auf und er murmelte wieder:

„Herr Kues, Herr Kues..." Dann geschah eine ganze Weile gar nichts, bis er urplötzlich seinen Blick auf Herrn Kues richtete und ihm direkt in die Augen schaute. Der war so überrascht, daß er den Blick für einen Moment erwiderte, was ihm sichtlich unangenehm war. „Was machen wir nun mit Ihnen?" sagte der Doktor und fuhr, ohne auf eine Antwort zu warten fort, was Herrn Kues sehr entgegenkam, der nicht sehr gesprächig war: „Es muß sich etwas ändern! Ja, Herr Kues, so wie bisher kann es nicht weitergehen. Sie wollen doch wieder ganz gesund werden, nicht wahr?"

Herr Kues nickte, ohne es zu wollen.

„Na, sehen Sie! Ihr Leben, das Sie bisher geführt haben, also, grundlegend, das müssen Sie grundlegend ändern!" Er lehnte sich zurück und fuhr dann fort: „Schluß mit Völlerei, Nikotin, Alkohol und all den anderen kleinen und großen Lastern! Das muß Ihnen klar werden, Herr Kues!"

Herr Kues sah den Doktor, der jetzt aufgestanden war, ungläubig an. Er hatte die Worte gehört, aufgenommen, verarbeitet und verstanden, aber er wußte dennoch nicht, was der Doktor meinte. Unwillkürlich schaute er sich um, aber es war niemand sonst im Raum. Der Arzt hatte ihn gemeint. Wie durch eine Nebelwand hörte er ihn jetzt reden. Seine Gedanken waren noch immer bei: „Ihr Leben, das Sie bisher geführt haben…" Er hatte nie geraucht, er trank keinen Alkohol und das, was er unter einer reichhaltigen Mahlzeit verstand, hätte den Meisten nur ein müdes, verständnisloses Lächeln abgerungen.

„…das wird der erste Schritt sein, Herr Kues und danach sehen wir dann weiter!" Die letzten Worte und die ausgestreckte Hand des Doktors holten Herrn Kues in die Gegenwart zurück. „Die Schwester wird Ihnen alles erklären und beim nächsten Mal besprechen wir dann die noch offenen Fragen. Auf Wiedersehen, Herr Kues!"

Herr Kues nickte kurz und verließ das Sprechzimmer. Der Doktor folgte ihm:

„Nehmen Sie doch noch einen Moment Platz, Sie werden dann aufgerufen", sagte er noch, bevor er mit dem nächsten Patienten verschwand.

Herr Kues begann zu schwitzen. Und als die Schwester ihm die Unterlagen, von denen der Arzt gesprochen haben mußte, gegeben hatte, schwitzte er noch mehr. Seine Hände zitterten und sein Herz klopfte wie verrückt. Herr Kues öffnete seine Aktentasche, die er fast immer bei sich trug und ließ die Zettel darin verschwinden. Dann machte er sich auf den Weg nach Hause.

Dort angekommen hoffte er noch immer, daß alles nur einer seiner wirren Träume war. Er hoffte dies auch noch, nachdem er sich einen Pfefferminztee in seiner kleinen Küche gemacht hatte und danach in seinem alten, braunen Sofa Platz genommen hatte. Nachdem er die halbe Tasse geleert hatte, öffnete er vorsichtig die Aktentasche, die er vor sich auf den Couchtisch gelegt hatte. Seine Hände begannen erneut zu zittern, als er die Papiere hervorholte. Auf ihnen stand, was der Arzt für sein Bestes hielt und wie er vorgehen mußte, um dieses Beste zu erhalten: Er solle eine Rehamaßnahme beantragen, weitläufig bekannt unter dem Begriff „Kur".

Die Tage seit diesem Nachmittag waren eine reine Qual für ihn. An die Antragsformulare zu gelangen, war relativ einfach und ohne großen persönlichen Kontakt möglich. Das Ausfüllen bereitete ihm sogar eine gewisse Freude. Es erinnerte ihn an die Bearbeitung seiner Akten im Amt und war eine Abwechslung in seinem normalen Tagesablauf nach 16 Uhr. Damit endete aber auch schon alles Positive, was er dieser

Sache abgewinnen konnte.

Seine Kur wurde, wie von ihm befürchtet, genehmigt und als er erfahren hatte, wann er wohin mußte, wurden seine Nächte noch schlafloser und seine Tage noch grauer.

II

Nun stand er also vor der Haustür. In der Hand hielt er seine alte Aktentasche. Das übrige Gepäck hatte man vorher schon abgeholt. Sogar Bade- und Sportsachen hatte er mitnehmen müssen. Da sich außer einem alten Jogginganzug weder das Eine noch das Andere in seinem Besitz befand, mußte er sich zwei Nachmittage durch die Kaufhäuser und Einkaufszentren der großen Einkaufsstraße quälen, in der es Menschen gab wie Sand am Meer, die wie Ameisen durcheinanderliefen.

Nach diesem Abenteuer war er am darauf folgenden Wochenende nicht in der Lage, seine Wohnung zu verlassen, um wie üblich zu dem großen See in dem Wald in der Nähe zu fahren. Diesen umrundete er normalerweise einmal zu Fuß und kehrte anschließend wieder nach Hause zurück. Diese Prozedur erfüllte ihn weder mit Freude noch fühlte er sich danach irgendwie anders oder besser. Er tat es, weil er es immer getan hatte. So, wie er alles, was er in seinem

Leben tat, schon immer getan hatte. Jedenfalls so lange, wie er sich erinnern konnte.

An diesem Morgen ging er die Hauptstraße nach links. An ihrem Ende lag der Bahnhof. Er erinnerte sich, schon einmal eine weitere Reise gemacht zu haben, aber er wußte nicht mehr wann oder wohin.

Seine Wohnung machte ihm keine Sorgen. Er hatte die Tür verschlossen und Post bekam er nur sehr selten. Er hatte keine Haustiere und keine Pflanzen. Alles in seiner Wohnung wurde gebraucht. Er besaß nichts Überflüssiges.

Herr Kues erreichte den Platz, in dessen Mitte sich ein Rondell mit gelben Blumen, deren Namen er nicht kannte, befand. Er umrundete das Rondell und betrat das Bahnhofsgebäude. Es war ein alter Bahnhof; das gefiel ihm. Auf dem Bahnsteig standen nur wenige Menschen; auch das gefiel ihm. Es dauerte keine fünf Minuten, bis die Bahn kam, die ihn zum Hauptbahnhof bringen sollte, wo er einen ICE besteigen mußte. Mit diesem sollte er dann bis nach Köln fahren.

Er erreichte den Hauptbahnhof zum vorgesehenen Zeitpunkt und schon zwei Minuten später befand er sich auf dem Bahnsteig, an dem sein Zug erwartet wurde. Er hatte noch mehr als eine Viertelstunde Zeit. Herr Kues setzte sich auf einen der Plätze, die es verteilt über den ganzen Bahnsteig in Fünfergruppen gab. Er fand eine Gruppe, auf der noch niemand saß. Mit wachsender Unruhe beobachtete er, daß sich der Bahnsteig immer mehr füllte. Inzwischen drängten sich bestimmt 20 Personen dort. Herr Kues lockerte den Knoten seiner Krawatte. Er trug immer eine Krawatte, weil er immer ein Hemd trug. Und zu einem Hemd trägt man eben eine Krawatte. Das war so.

Die Lautsprecherstimme unterbrach seine Gedanken. Er verstand nichts von dem, was die freundliche Stimme sagte – der Hall in der riesigen Halle war zu groß und der Zug auf dem Nachbargleis machte zu viel Lärm. Die übrigen Menschen schienen bessere oder andere Ohren zu haben, denn jetzt erhoben sie sich von den Sitzen oder nahmen ihr neben sich stehendes Gepäck in die Hand. Er vermutete, daß sein Zug sich näherte. Diese Vermutung verwandelte sich kurz darauf in traurige Gewißheit: Der Triebwagen des ICE glitt langsam an ihm vorbei, gefolgt von vielen weiteren Wagen. Schließlich stand der Zug und die Türen öffneten sich.

Die anderen Reisenden bestiegen die einzelnen Wagen und ein paar Augenblicke später standen nur noch Herr Kues und der Zugabfertiger auf dem Bahnsteig. Langsam näherte sich Herr Kues dem kleinen dunklen Loch in der silbergrauen Wand.

Sein rechter Fuß verschwand als erstes in der unheimlichen Öffnung. Der Rest von Herrn Kues folgte widerwillig. Im Innern fühlte sich Herr Kues auch nicht wohler. Im Gegenteil. Sein Blick fiel auf die Platzkarte in seiner Hand und er verspürte kurzzeitig eine kleine Erleichterung: sein Platz war gleich in der ersten Reihe hinter der Tür. Aber: Es waren zwei Plätze nebeneinander! Er schluckte.

Dann verstaute er seine Aktentasche auf der Ablage über seinem Platz und setzte sich ans Fenster. Dieser Platz war ihm zugewiesen worden. Er mußte keine Entscheidung treffen, die sich im Nachhinein vielleicht als fatal hätte herausstellen können. Jemand anderes hatte für ihn entschieden. Das war gut so.

Mehr als sieben Stunden lagen vor Herrn Kues, bevor er sein Ziel erreicht haben würde: Das Kueser Plateau oberhalb von Bernkastel-Kues.

„Das ist aber komisch, hahaha!" hatte die dicke Arzthelferin gesagt, als er sich die Bescheinigung über seine Reisefähigkeit abholen mußte. „Herr Kues, Bernkastel-Kues, hahaha, sehr komisch, wirklich, hahaha, Kues - Kues, hahaha!" Er hatte keinerlei Reaktion gezeigt, was die Schwester in keinster Weise irritierte. Sie lachte munter weiter, als sie im Sprechzimmer verschwand und auch, als sie wieder herauskam und Herrn Kues das Papier in die Hand drückte, hatte sich daran nichts geändert.

„Viel Spaß in Kues, Herr Kues! Hahaha, wirklich, so was Komisches, hahaha!" Herr Kues hatte die Praxis mit seinem Papier verlassen.

Nun saß er in dem Zug nach Bernkastel-Kues und ihm war überhaupt nicht zum Lachen. Die nächsten vier Stunden brauchte er sich immerhin keine Gedanken darüber zu machen, was den erfolgreichen Verlauf seiner Reise anging: Erst in Köln mußte er umsteigen. Köln, daß war sehr weit weg im Augenblick. Die Türen des ICE schlossen sich und erst langsam, dann immer schneller, zogen der Bahnsteig und dann die Stadt an Herrn Kues vorbei.

Der Platz neben ihm war leer geblieben. Er atmete erleichtert durch. Doch dann fiel sein Blick auf das Faltblatt, welches auf dem ansonsten leeren Nachbarsitz lag und die Reiseroute enthielt. Herr Kues nahm es und schluckte, nachdem er einen Blick hinein geworfen hatte: Es gab viele Bahnhöfe, an denen der Zug auf seinem Weg nach Köln halten mußte. Viele Bahnhöfe, auf denen es auch viele Menschen gab, die vielleicht genau seinen Zug besteigen wollten und die, er schluckte erneut, vielleicht genau auf dem Platz neben ihm sitzen wollten. Seine Erleichterung war wie weggeblasen. Er begann noch stärker zu schwitzen und seine Gedanken beschworen die unterschiedlichsten Szenarien in Bezug auf den Nachbarsitz herauf. Eine laute Stimme unterbrach Herrn Kues in seinen Phantasien. Der jüngere, rundliche Herr mit dem Ziegenbart und dem weißen Hemd ohne Krawatte von der anderen Seite des Ganges hatte seinen Laptop auf den Nachbarsitz gestellt und schrie, jedenfalls empfand es Herr Kues als Schreien, in sein Mobiltelefon. Herr Kues war kein Freund moderner Technik. Er war mehr als zufrieden, daß er als einer der Wenigen in seinem Amt keinen Computer für seine Arbeit benötigte, sondern die Akten noch auf die althergebrachte Weise bearbeiten konnte.

Einmal bestand die Gefahr, daß er auf einen anderen Arbeitsplatz, der viel besser bezahlt gewesen wäre, was ihm aber nicht wichtig war, hätte wechseln sollen. Einen Computerarbeitsplatz. Deswegen hatte er viele Wochen noch schlechter und weniger geschlafen, als er es ohnehin schon tat. Kurz vor seiner befürchteten Umsetzung mußte er in das Büro seines Vorgesetzten. Der bat ihn, Platz zu nehmen und man merkte, daß ihm das, was er zu sagen hatte, sehr unangenehm war.

„Also, Herr Kues", begann sein Vorgesetzter und ging dabei in dem Raum hin und her, die Handflächen aneinander reibend, „Sie wissen, wie sehr wir und insbesondere, wie sehr ich Ihre Arbeit… nun, Sie sind sozusagen mein bester Mitarbeiter, mein Guter!" Dabei klopfte er Herrn Kues auf die Schulter, was diesen zusammenzucken ließ. „Nur nicht so bescheiden", sagte sein Vorgesetzter, der das Zucken von Herrn Kues falsch gedeutet hatte, „stellen Sie Ihr Können nicht unter den Scheffel!" Er machte eine Pause. „Einen Kaffee vielleicht?"

Herr Kues reagierte nicht.

„Na, später vielleicht, nicht wahr! Also, wo war ich? Ja, mein bester Mitarbeiter und Sie wissen, daß ich mir niemanden besser als Sie auf diesem Posten vorstellen kann."

Herr Kues räusperte sich. Wieder deutete sein Vorgesetzter die Reaktion falsch:

„Nein, nein, das mußte einmal gesagt werden in aller Deutlichkeit!" Er machte eine weitere Pause und blickte aus dem Fenster. „Aber…", fuhr er fort, „Sie wissen ja, der Stellenabbau! Aber wem sage ich das, Sie sehen es ja täglich. Letzten Monat hat es die Pförtner getroffen."

Herr Kues mußte schlucken. Auch das verstand sein Vorgesetzter nicht richtig:

„Traurig, traurig. Sie haben so Recht, mein Guter. Der arme Brennecke! Na ja." Er machte eine erneute Pause und nahm ein Blatt Papier von seinem Schreibtisch, das er Herrn Kues entgegenstreckte: „Da, lesen Sie selbst, mein Guter Kues!"

Herr Kues nahm das Blatt in seine leicht zitternden Hände und las: „…aus dem Überhang…Herr Müller…mehr Dienstjahre…Vorzug vor Herrn Kues…" Herr Kues schluckte erneut und der Vorgesetzte von Herrn Kues verstand auch dieses Schlucken falsch:

„Tut mir leid, mein Guter, ich verstehe Ihre Enttäuschung. Aber, das nächste Mal, das, das verspreche ich Ihnen!"

Herr Kues schaute seinen Vorgesetzten an.

„Ehrenwort, Kues, Ehrenwort!"

Zum Glück hatte es bis jetzt kein nächstes Mal gegeben, dachte Herr Kues und wandte den Blick vom Telefon seines Gegenübers ab. Dieser beendete sein Gespräch und verließ danach den Wagen, um wenig später zurückzukehren und sich auf seinem alten Platz gegenüber von Herrn Kues nieder zu lassen.

Kurz nach seiner Rückkehr kam ein beflissener Mitarbeiter des Speisewagens und servierte dem Telefonbesitzer eine Portion Spaghetti mit Parmesan, die dieser in Rekordtempo lautstark und mit deutlichen Schleifgeräuschen des

Besteckes an seinen Zähnen in seinem Inneren verschwinden ließ. Herr Kues schüttelte sich und er schüttelte sich noch mehr, als auf die erste Portion eine weitere folgte. Herr Kues schloß die Augen, was aber nur dazu führte, daß er die Gefahren der kommenden Wochen in seinem Inneren erstehen ließ. Er öffnete die Augen wieder. Das war nicht gut, aber weniger schlecht.

Der Zug hielt, die Türen öffneten sich und einen Augenblick später ließ sich auf den Platz neben Herrn Kues etwas fallen. Aus den Augenwinkeln sah er glatte, rote Haare, eine Brille und einen Eisbecher. Er wagte es nicht, den Kopf weiter zu drehen. Herrn Kues liefen kalte Schauer bei dem Gedanken über den Rücken, etwas von dieser klebrigen Masse könnte in Kontakt mit seiner Haut oder noch schlimmer mit dem einen oder anderen Teil seiner Kleidung treten. Noch bevor Herr Kues seine Fassung gänzlich verloren hatte, der Zug hatte den Bahnhof nicht einmal wieder verlassen, erhob sich der Eisbecher samt seinem Besitzer, da ein anderer Reisender augenscheinlich mehr Anspruch auf Sitz Nummer 17 und somit die Gesellschaft von Herrn Kues hatte.

Nachdem der Eisbecher verschwunden war, verstaute der neue Sitzinhaber geräuschvoll sein Gepäck neben der Aktentasche von Herrn Kues. Der etwa zwei Meter große Herr mittleren Alters legte auf den ausgeklappten Tisch vor sich ein Buch und eines jener neuartigen Telefone. Das wurde mit einem Band verbunden, an dessen Ende sich ein Stöpsel befand, den er in seinem Ohr verschwinden ließ. Dies allein war für Herrn Kues noch kein Grund, in Panik zu geraten, aber der Gedanke an das Folgende genügte vollkommen dazu. Bis zum Hauptbahnhof in Hannover durfte Herr Kues den Baß der Musik seines Sitznachbarn völlig umsonst mitgenießen. Herr Kues war kein Freund von Musik und schon gar nicht derartiger Musik. Er ertrug tapfer das Gewummere und sagte sich immer wieder, daß es schlimmer hätte kommen können. Und es kam schlimmer.

Ein weiterer Herr nahm den verwaisten Platz gleich in Hannover in Besitz. Trotz einer gewissen Altersnähe zu Herrn Kues hatte dieser Herr keinerlei Probleme im Gebrauch moderner technischer Hilfsmittel. Nachdem er Mantel und Sakko hinter Herrn Kues Sitz am Haken befestigt hatte, hörte man nur noch das Klicken, das durch den Druck der Finger auf die Tastatur des Laptops entstand. Herr Kues schwitzte noch immer und nicht nur das, er schwitzte immer mehr, da zu den vielfältigen Störungen in seiner näheren Umgebung nun auch noch die Sonne durch die große, getönte Glasscheibe direkt auf ihn fiel. Die Klimaanlage, etwas an der modernen Technik, das er durchaus zu schätzen wußte, schien nicht oder in nur ungenügendem Maße vorhanden zu sein.

Herr Kues schaute aus dem Fenster: Häuser, Bäume, Felder, Wiesen – alles zog in rasendem Tempo vorbei. Es gab ihm im Augenblick ein überraschendes Gefühl von Sicherheit, in diesem Zug zu sitzen, geschützt und sicher vor der Welt da draußen vor dem Fenster. Einen kurzen Moment genoß er dieses überraschende Gefühl, bevor ihm schlagartig seine Situation wieder bewußt wurde: Dieser sichere Zug brachte ihn mit jeder Minute näher an seinen Bestimmungsort. Seinen Bestimmungsort, an dem ihn Gefahren erwarteten, gegen die alles Bisherige völlig belanglos erscheinen mußte.

Das Klicken neben Herrn Kues hatte aufgehört. Der Herr wollte nicht nach Köln, sondern nach Düsseldorf und befand sich im falschen Teil des Zuges, der in Hamm getrennt werden sollte. Kaum waren die Türen beim nächsten Halt geöffnet, war auch der Platz wieder besetzt. Eine kuchenessende Jacke mit Buch saß nun neben Herrn Kues. Er sah keinen Vorteil in dieser Entwicklung. Auch der Spaghettiesser hatte den Zug inzwischen, völlig unbemerkt von Herrn Kues, verlassen. An seiner Stelle saß nun eine Frau auf dem Platz, die eine andere Frau betreute, die im Rollstuhl saß. Sie schien diese Aufgabe mit großer Freude wahrzunehmen: Immer wieder fragte sie die Rollstuhlfahrerin, ob sie etwas braucht, erklärte ihr, was als nächstes geschieht und half ihr bei allen Dingen. Herr Kues ertappte sich bei dem Gedanken, daß er diese Frau im Rollstuhl beneidete. Er war wahrscheinlich der Einzige, der das tat. Aber Herr Kues sah viele Vorteile, die diese Frau ihm gegenüber hatte: Alles war geregelt, lief in vorgegebenen Bahnen, man mußte sich keine eigenen Gedanken machen und sich auch nicht auf Veränderungen und neue Situationen einstellen. All dies taten andere für einen selbst.

Die Jacke hustete und stank nach Zigarettenrauch. Herr Kues mochte den Geruch von kaltem Zigarettenrauch nicht sonderlich. Er mochte den Geruch von Zigaretten eigentlich überhaupt nicht. Genauso wenig mochte er Zigaretten selbst.

Die Frau im Rollstuhl spielte mit einer Art Rassel. Wieder beneidete er sie: Ihn störte das Geräusch, nicht sie! Wäre er an ihrer Stelle, empfände er es wahrscheinlich als angenehm und die Empfindungen von einem Herrn Kues wären ihm völlig gleichgültig.

Der Blick aus dem Fenster bot nichts Neues: andere Häuser, andere Bäume, andere Wiesen…

Köln. Noch mehr andere Häuser, weniger Bäume, weniger Wiesen, viel mehr Menschen. Der Zug endete in Köln. Alle Reisenden mußten ihn dort verlassen. Herr Kues hatte neun Minuten bis zur Abfahrt des Anschlußzuges. Seine Unruhe vergrößerte sich von Sekunde zu Sekunde. Was, wenn sein Zug zu spät im Hauptbahnhof einfahren würde? Herr Kues begann, wieder stärker zu schwitzen. Einige Minuten später erreichte der Zug pünktlich den Hauptbahnhof.

Herr Kues hatte keine Zeit zu verlieren. Nach dem Halt und dem Öffnen der Türen zählte jede Sekunde. Allein, er mußte sich die notwendige Zeit nehmen um den Zug verlassen zu können: Ein Fahrgast nach dem anderen verschwand durch das schwarze Loch in die trügerische Freiheit. Er war der Letzte, der den Bahnsteig betrat. Einen vollen, sehr vollen Bahnsteig. Einen in den Augen von Herrn Kues erdrückend vollen Bahnsteig. Sein Anschlußzug ging vom Nachbarbahnsteig. Das verkündete die elektronische Anzeigetafel. Die Zeit zum Bahnsteigwechsel war also ausreichend. Herr Kues war sich nicht sicher, ob er sich darüber freuen sollte. Auf dem Nachbarbahnsteig drängten sich die Menschen noch dichter, wenn dies überhaupt möglich war. Es half nichts. Herr Kues mußte sich in sein Schicksal ergeben.

Es wurde ein sonniger Tag. Einen sonnigen Tag hätte er zu Hause genauso haben können, dachte er. Vorsichtig suchte er sich seinen Weg zu der großen Tafel, auf der zu sehen ist, wo die einzelnen Wagen eines Zuges sich befinden. Ein Blick auf seine Platzkarte ließ ihn genauso aufatmen wie die Tatsache es getan hatte, daß sein Zug vom Nachbarbahnsteig aus gehen sollte. Nachdem er eine sichere Stelle gefunden hatte, mit weniger anderen Menschen in der unmittelbaren Nähe, etwa dort, wo er den Zug besteigen mußte, atmete er erneut tief durch. Herr Kues wartete und schwitzte.

Kurze Zeit später fuhr der Anschlußzug in den Bahnhof ein und Herr Kues sah sich erneut in einem kleinen, dunklen Loch verschwinden. Der ihm zugewiesene Platz war frei und als der Zug den Bahnhof verließ, war auch der Sitz neben ihm noch immer unbesetzt. Kein Laptoptastengeklicker, kein Eisbecher, kein Kuchen, nur ein blau-rot gepolsterter Sitz befand sich an seiner rechten

Seite. Wenn Herr Kues in der Lage gewesen wäre, Freude auszudrücken, hätte er gelächelt.

Er lächelte nicht. Er ordnete seine Gedanken und richtete sie dann auf die Frage: Wenn das blau-rote Polster nicht mehr zu sehen ist, worunter ist es dann verschwunden?

Die Gefahr, die im nächsten Bahnhof den Zug bestieg, lauerte nicht neben, sondern vor ihm: Kinder! Kinder waren auch Menschen, zwar kleine Menschen, aber das machte sie für Herrn Kues eher noch gefährlicher. Auch er war einmal ein Kind. Jeder war einmal ein Kind, das wußte sogar er. Aber er erinnerte sich nicht daran. Dennoch mußte es so gewesen sein, das war der Lauf der Dinge. Und er machte da gewiß keine Ausnahme.

Weitere andere Häuser, andere Bäume und andere Wiesen zogen vorbei. Die Gleise verliefen jetzt fast direkt am Rhein. Der Rhein war der Strom der Deutschen. Herr Kues wußte das, er hatte es irgendwann einmal gelesen oder gehört. Auch war die Landschaft dort besonders reizvoll, sagte man. Herr Kues schaute aus dem Fenster und fühlte sich in gewisser Weise mehr mit dem Rhein verbunden als mit den vielen Menschen innerhalb und außerhalb des Zuges. Der Rhein war der Rhein, er war es immer und es war ihm egal, daß er es war.

„Das also ist der Rhein", dachte er und überlegte, wie lange man in etwa benötigte, um eine dieser fürchterlich knisternden Chipstüten zu Leeren. Er mochte keine Chips. Nicht, daß er sie jemals gegessen hätte, aber er hatte sie noch nie gemocht, deshalb. Ein weiterer Störfaktor bewegte sich langsam auf ihn zu, kaum, daß Remagen hinter ihnen lag: Der Fahrkartenkontrolleur. Es gab ihn in jedem der Züge und es gab keine Möglichkeit, ihm zu entgehen. Diese Menschen lächelten immer. Es war ihm unverständlich, wie man bei der Arbeit lächeln konnte. Es war ihm überhaupt unverständlich, wie man Lächeln konnte. Er lächelte nie. Er überlegte kurz, ob er es jemals getan oder versucht hatte, aber er erinnerte sich nicht.

Auch wenn die Züge wechselten, der Inhalt blieb der Gleiche: Menschen mit Laptops und mit Telefonen, die man mit sich herumtragen kann; essende Menschen; redende Menschen – laute, lärmende Massen, die man nicht abschütteln konnte.

Dann stand er auf dem Bahnhof von Wittlich. Er war fast alleine. Nur noch ein älterer Mann zog mühsam seinen Koffer Stufe für Stufe die Treppe hoch. Es war ein kleiner Bahnhof, ein sehr kleiner Bahnhof. Vor diesem sehr kleinen Bahnhof befand sich eine noch kleinere Straße. Dort standen zwei Autos und ein Taxi. Herr Kues überlegte noch, ob es wohl das für ihn bestimmte war, als ein junger Mann auf ihn zukam:

„Herr Kues?" fragte er und als er nichts Gegenteiliges vernahm, öffnete er die Beifahrertür und bedeutete Herrn Kues, dort auf dem Sitz neben dem Fahrer Platz zu nehmen. Nachdem Herr Kues dies mit nicht sonderlicher Begeisterung getan hatte, begann der letzte Teil der Anreise, der sich für Herrn Kues genauso anstrengend und unangenehm darstellte, wie all die anderen Teile davor es getan hatten.

III

Nachdem Herr Kues die große Halle betreten hatte, in der sich die Anmeldung befinden sollte, schaute er sich um: Das Innere hier war genauso modern, wie der Bau selbst. Nichts wirkte einladend im Vergleich zu seinem Amt. Herr Kues mochte moderne Bauten nicht sonderlich. Soweit er sich erinnern konnte, hatte er sie nie gemocht. Schräg vor ihm befand sich zu seiner Rechten ein langer Tisch. Dahinter war eine Holzwand angebracht, die einer Bienenwabe glich. In einigen der Waben steckten kleine weiße Zettel.

Schließlich trat er an den langen Tisch ohne dem Rest der Halle weitere Beachtung zu schenken.

„Was kann ich für Sie tun?" fragte die Dame hinter dem langen Tisch.

Herr Kues legte einen Zettel auf die Tischplatte. So, wie man es ihm vorher gesagt hatte. Die Dame nahm das Blatt an sich, überflog die Eintragungen und sagte dann:

„Sie sind also Herr Kues, Helmut Kues."

„Helmut", dachte Herr Kues, „richtig!" Wie lange

hatte er diesen Namen nicht mehr gehört. Irgendjemand mußte ihm diesen Namen gegeben haben. Es waren seine Eltern, dachte er. Eltern tun so etwas. Sie geben ihren Kindern Namen. Er erinnerte sich nicht an sie. Er erinnerte sich weder an seinen Vater noch an seine Mutter. Er erinnerte sich eigentlich an sehr wenig; bei genauerer Betrachtung an gar nichts, was nicht immer so war, wie es war.

Schon beim Ausfüllen der Formulare zu Hause war er auf ähnliche Dinge gestoßen: Da waren Fragen zu seinen Geschwistern, seinen bisherigen Krankheiten und vielen anderen Dingen, an die er sich in keiner Weise erinnern konnte. Er hatte in den Akten in seinem Büro geblättert, nach ähnlichen Fragen gesucht und dann irgendetwas in die Zeilen geschrieben. Niemand konnte wissen, daß es nicht so war. Oder vielleicht doch? Jetzt, da er hier stand, kamen ihm Zweifel und er lockerte seine Krawatte noch mehr; was fast nicht möglich war, ohne den Knoten gänzlich zu lösen.

„Ich gebe Ihnen jetzt die Grundinformationen und danach gehen Sie dann zum EKG", sagte die Dame hinter dem Tisch. Dann breitete sie eine ganze Reihe von Zetteln vor ihm aus und erläuterte jeden Einzelnen. Da gab es z. B. eine Hausordnung und einen Plan mit den Zeiten für die Mahlzeiten. Dann war da noch

„…die Fernbedienung für den Fernseher. Das Fernsehen ist frei. Nur, wenn Sie die Fernbedienung am Ende nicht zurückgeben, zahlen Sie 25 Euro", erläuterte die Dame und legte

die Fernbedienung neben die Zettel. Herr Kues
mußte den Erhalt quittieren.

„Und hier ist Ihr Zimmerschlüssel. Sie haben das
Zimmer 205 auf der linken Seite hier." Sie zeigte
an Herrn Kues vorbei in die Richtung, in der sein
Zimmer liegen mußte.

„Hier, bitte", fuhr sie fort und Herr Kues mußte
wieder quittieren. Diesmal für den Erhalt des
Zimmerschlüssels, den er ebenso wenig wollte, wie
die Fernbedienung oder die Telefonkarte, deren
Erhalt er als nächstes bestätigen durfte. Wer sollte
ihn anrufen! Und vor allem: Wen sollte er anrufen?
Er hatte keine Freunde und keine Familie. Zu
Hause hatte er auch kein Telefon, nur im Amt, in
seinem Büro. Dort wurde er angerufen – er rief nie
an.

„Und schließlich Ihre Patientenkarte. Die
müssen Sie zu allen Anwendungen mitnehmen,
das ist sehr wichtig." Für die Karte mußte er nicht
unterschreiben. Sie wurde ihm dann auch gleich,
zusammen mit all den anderen überflüssigen
Dingen, von der Dame wieder abgenommen und
verschwand mit diesen Dingen in einem großen
Stoffbeutel. Das ist gut so, dachte Herr Kues. Aber
er hatte sich zu früh gefreut:

„Der Beutel gehört jetzt Ihnen", sagte die Dame,
„Sie bekommen ihn, wenn Sie vom EKG zurück
sind. Solange verwahre ich ihn hier."

Herr Kues verspürte ein deutliches Unwohlsein
in seiner Magengegend.

„Hier rechts rum und dann hinter dem
Treppenhaus Platz nehmen. Sie werden

aufgerufen."

Herr Kues nahm seine Aktentasche.

„Die können Sie ruhig hier lassen!" rief die Dame hinter ihm her, als er mit seiner Tasche in dem Gang verschwand.

„Bitte!" Hörte er eine weibliche Stimme neben sich. Herr Kues blickte auf und sah eine weiß bekittelte mittelalte Frau, die ihm bedeutete, ihr in den Raum hinter ihr zu folgen. Herr Kues erhob sich und tat, wie ihm geheißen. In dem Raum standen ein Schreibtisch, ein Hocker und eine Liege in der Art, wie es sie in allen Behandlungsräumen zu geben schien.

„Machen Sie bitte den Oberkörper frei und legen sich dann dorthin, auf den Rücken! Sie sind Herr Kues?", sagte die weiß bekittelte mittelalte Frau ohne sich vorzustellen und offensichtlich, ohne eine Antwort auf ihre Frage zu erwarten, denn sie fuhr ohne Luft zu holen fort: „Wir machen jetzt zuerst das EKG!"

Noch vor ein paar Wochen hätte sein Herz bei einer solchen Aufforderung aufgehört zu schlagen. Nun tat es das nicht mehr, er hatte das alles schon mehrmals durchlitten – bei seinem Arzt. Es fiel ihm trotzdem nicht leicht, aber er schaffte es.

Nach mehrmaligem kräftigen Ein- und Ausatmen wurden die Schläuche und Gummipfropfen wieder entfernt und er durfte sich von der Liege erheben.

„Blutdruck!" sagte die weiß bekittelte mittelalte Dame knapp und bedeutete ihm, sich auf dem Hocker niederzulassen. „Aha, gut. Hierhin!" Sie deutete auf eine Stelle an der Wand, „ganz dicht ran und gerade stehen!" Herr Kues stand gerade und erfuhr, wie viele Zentimeter er vom Boden in den Himmel hinein ragte. Dann wurde noch festgestellt, welche Last seine Beine tagtäglich zu tragen hatten und mit einem: „Sie können sich wieder anziehen!" war er entlassen.

Nun durfte er endlich seine neue Stofftasche abholen und sich auf sein Zimmer zurückziehen; dachte er. Die Dame an der Anmeldung belehrte ihn jedoch eines Besseren:
„Bevor Sie auf Ihr Zimmer gehen, schauen Sie am Schwesternzimmer Ihrer Etage vorbei. Dort bekommen Sie den Termin für die Eingangsuntersuchung."
Herr Kues verstand nicht genau, was die Dame meinte: Hatte er diese Untersuchung nicht eben hinter sich gebracht? Er schaute die Dame an und sah an ihrem Gesichtsausdruck, daß sie in keinerlei Weise gescherzt hatte. Herr Kues nahm den Aufzug in den zweiten Stock, den er bedauerlicherweise mit zwei anderen Patienten teilen mußte, und begab sich zum Schwesternzimmer.
„Auf Sie haben wir schon gewartet!" sagte Schwester Dorothea Waldrebe zu ihm. „Der Arzt wird in etwa einer halben Stunde für Sie zu sprechen sein. Er ruft Sie in ihrem Zimmer an, wenn es soweit ist."
„Er ruft an", dachte Herr Kues, „das klingt gut!"
„Ist noch etwas?" wurde er durch die scharfe

Stimme von Schwester Waldrebe in seinen Gedanken unterbrochen. Sie sah Herrn Kues in einer Art an, die ihm Schauer über den Rücken laufen ließen. Er schwieg, da er nicht wußte, was er sagen sollte.

„Sie können gehen, ich habe viel zu tun!" sagte die Schwester und wandte sich demonstrativ den diversen Papieren auf dem Schreibtisch zu. Als sie bemerkte, daß Herr Kues noch immer unentschlossen und wie festgewurzelt im Raum verharrte, schaute sie sich noch einmal kurz um, sah ihn einen kleinen Moment an und sagte: „Oder, haben Sie etwa noch Fragen?"

Herr Kues spürte erneut die kalten Schauer auf seinem Rücken. Er zog sich wortlos zurück und ließ die Tür des Schwesternzimmers hinter sich ins Schloß fallen.

Herr Kues ging den Gang entlang, der ihn ein kleines bißchen an den Gang in seinem Amt erinnerte. Das munterte ihn etwas auf.

Das Zimmer gefiel ihm: Es war genauso sparsam eingerichtet, wie seine Wohnung. Es gab einen kleinen Tisch, ein Bett und eine Art Anrichte, auf der ein Fernseher stand. In der Ecke vor der Tür zum Balkon standen seine Koffer. Herr Kues betrat das Bad. In der linken Ecke befand sich eine Dusche. Er mochte keine Duschen. Nicht, weil er das Duschen verabscheute, nein, zu Hause hatte er eine Badewanne. Er hatte schon immer eine Badewanne gehabt. Herr Kues wollte nach Hause. Wie er noch überlegte, ob es einen Ausweg für ihn geben könnte, läutete das Telefon. Herr Kues hob den Hörer ab und ein Doktor, dessen Namen er nicht verstand, meldete sich um ihm mitzuteilen, daß er ihn nun aufsuchen könne. Herr Kues legte den Hörer auf und begab sich zu dem Arzt.

Er klopfte an die Tür und betrat den Raum dahinter, der sehr dem von vorhin glich. Nur standen hier noch ein paar Gegenstände mehr herum.

Ähnlich wie bei der Eingangsuntersuchung, die gar keine Eingangsuntersuchung war, mußte Herr Kues sich der meisten Teile seiner Kleidung entledigen und anschließend verschiedene kleine Übungen mit seinen Armen und Beinen durchführen: sich nach vorne beugen, auf die Zehenspitzen stellen, durch den Raum laufen, den Kopf nach links und rechts drehen oder die Finger spreizen und danach zur Faust ballen. Willig folgte Herr Kues den Anweisungen des Arztes und durfte sich schließlich wieder anziehen. Herr Kues war in Gedanken schon an der Tür, als die Stimme des Arztes seine Ohren erreichte:

„Und nun noch ein paar allgemeine Fragen", sagte der Besitzer der Stimme, „setzen Sie sich!" Der Arzt deutete auf den Stuhl vor sich und Herr Kues nahm Platz. „Welche Schmerzen machen Ihnen im Moment denn am meisten zu schaffen?"

Herr Kues sah den Doktor fragend an.

„Sie müssen mir schon ein bißchen helfen!" Der Doktor schaute ihm direkt in die Augen: „Reden Sie mit mir! Oder können Sie nicht sprechen?"

Der Doktor hatte diesen Nachsatz scherzhaft gemeint, aber Herr Kues dachte ernsthaft darüber nach: Natürlich konnte er sprechen! Er konnte sprechen, solange er denken konnte. Er sprach nicht sehr gerne und nicht sehr viel. Mit wem sollte er sich auch unterhalten! Seine Möbel verstanden ihn nicht und Menschen mochte er nun einmal nicht; ebenso wenig wie Tiere oder Pflanzen.

„Natürlich kann ich sprechen!" sagte Herr Kues und war einen kurzen Moment erschrocken über den Klang seiner eigenen Stimme.

„Na also", sagte der Arzt, „was kann ich denn nun für Sie tun?"

Herr Kues zuckte mit den Schultern: „Weiß nicht", brachte er hervor.

Der Arzt sah ihn fragend und nachdenklich an. Nach einer ganzen Weile sagte er schließlich:

„Nun gut, ich werde einen Therapieplan nach Ihrer Krankengeschichte ausarbeiten. Morgen geht es los. Sie melden sich, wenn Sie etwas nicht vertragen. Aber ein paar Fragen muß ich doch noch stellen: Sind Sie verheiratet?"

„Nein", sagte Herr Kues knapp. Er war nie verheiratet, solange er sich erinnern konnte.

„Haben Sie Kinder?"

„Nein."

„Leben Ihre Eltern noch?"

„Weiß ich nicht." Herr Kues fühlte sich immer unwohler.

„Haben Sie keinen Kontakt zu ihnen?"

„Weiß ich nicht!" Herr Kues begann wieder, zu schwitzen.

Der Arzt sah Herrn Kues mit einem merkwürdigen Gesichtsausdruck an:

„Sie wissen nicht, ob Sie Kontakt zu Ihren Eltern haben?"

„Ich hatte nie Kontakt zu meinen Eltern. Aber, ich muß welche haben. Jeder Mensch hat Eltern."

„Ach so!" Die Miene des Arztes hellte sich auf: „Sie kennen ihre leiblichen Eltern nicht. Verstehe. Sie sind adoptiert worden. Das erklärt Einiges!"

„Ich bin adoptiert worden?" hörte sich Herr Kues sagen. „Bin ich adoptiert worden? Nein, ich erinnere mich nicht daran, adoptiert worden zu sein."

„Woran erinnern Sie sich dann?"

„Ich erinnere mich an alles, was immer so war", sagte Herr Kues.

Der Arzt machte sich ein paar Notizen und sagte dann:

„Die Anreise war bestimmt sehr anstrengend für Sie und Sie müssen erst einmal zur Ruhe kommen. Ich habe Ihnen auch ein paar psychologische Einzelgespräche aufgeschrieben. Danach sehen wir weiter. Ruhen Sie sich jetzt ein bißchen aus bis zum Abendessen."

Der Arzt erhob sich und Herr Kues verließ nach einem kurzen Händeschütteln das Behandlungszimmer. Auf dem Weg den Gang entlang dachte er über das nach, was immer so war.

Den Rest des Nachmittages verbrachte Herr Kues damit, durch die weitläufigen Anlagen des Kurparkes zu irren, der die Klinik umgab. Er war dabei stets darauf bedacht, den anderen Patienten möglichst rechtzeitig auszuweichen. Dies gelang ihm ganz gut. Erst vor der Klinik war eine Begegnung unvermeidlich. Aber auch diese Situation meisterte er.

Herr Kues schloß die Tür seines Zimmers hinter sich und fühlte sich sicher, vorerst. Ansonsten hielt sich seine Begeisterung für das, was für die nächsten drei Wochen sein zu Hause sein sollte in engen Grenzen. Er atmete noch einmal tief durch. So, wie er es auch sonst immer tat. Ein Blick auf die Uhr erinnerte ihn an die nächste Herausforderung: das Abendessen. Wenn es nach ihm gegangen wäre, hätte er darauf verzichtet. Aber irgendetwas mußte selbst er essen. Schweren Herzens beschloß er, am Gang nach Canossa teilzunehmen.

Herr Kues dachte an jenen Heinrich, der vor vielen hundert Jahren zum Papst nach Canossa gegangen war, damit dieser den über ihn verhängten Bann aufhebt. Es war eine Selbstdemütigung, aber Heinrich erreichte dadurch sein Ziel. Herr Kues hatte darüber gelesen. Es war eine schöne Geschichte. Er fühlte sich zwar nicht wie jener deutsche König im Jahr 1077, aber er fühlte sich etwas besser, wenn er an die Geschichte dachte: auch er würde so sein Ziel erreichen. Herr Kues machte sich auf den Weg zum Speisesaal.

Etwa eine Stunde später öffnete Herr Kues die Tür zu seinem Zimmer und atmete tief durch, nachdem er sie hinter sich wieder geschlossen hatte. Das erste Abendessen war überstanden. Er schlüpfte in seinen alten Pyjama und ließ sich auf das Bett fallen. Sein ganzer Körper schmerzte und es war eine einzige große Wohltat, sich auszustrecken und einfach nichts zu tun, außer da zu liegen. Sein Blick wanderte die weiße Decke rauf und runter, immer wieder rauf und runter und seine Gedanken kehrten in den Speiseraum zurück…

Kurz vor der angegebenen Essenszeit hatte er den Gang zum Speisesaal erreicht. Es war keinen Moment zu früh: Von überall her strebten die Menschen dem Eingang des Speiseraumes zu und als er selbst ihn erreichte, waren die einzelnen Tische schon recht gut gefüllt. Herr Kues stand etwas unschlüssig in der Tür. Das war ein Fehler wie sich herausstellte, denn schon hatte ihn die Hausdame als potentielles Opfer ihrer Dienste wahrgenommen. Sie stürzte zielstrebig auf ihn zu:

„Kann ich Ihnen helfen?" vernahm er im nächsten Augenblick ihre Stimme ganz dicht neben seinem linken Ohr. Er beschloß, die Sache so kurz und schmerzlos wie möglich zu gestalten:

„Tisch 12", sagte er knapp.

Die Augen der Hausdame begannen zu leuchten: Da gab es jemanden, der wirklich und wahrhaftig ihre Hilfe benötigte!

„Kommen Sie!" sagte sie und bewegte sich zwischen den Tischen und Menschen hin und her, bis sie Tisch Nummer 12 erreicht hatte.

Es war ein Tisch für vier Personen, an dem

bisher nur eine einsame, kräftige Dame spätmittleren Alters saß. Sie trug ein rotes Oberteil.

„Das ist jetzt Ihr Platz, Herr…" Sie schaute auf einen Umschlag, der auf einem der Plätze lag, „…Herr Kues." Sie lächelte ihn an, aber die Bemerkung über seinen Namen, mit der er gerechnet hatte, blieb zu seinem Erstaunen aus. Dafür tönte die rote Dame von schräg gegenüber:

„Ach, Herr Kues? Kues wie der Ort? Das ist ja interessant! Stammen Sie etwa aus der Gegend hier?"

„Nein", sagte Herr Kues und machte sich auf den Weg zum Buffet.

Als er zurückkehrte, saßen noch zwei weitere Menschen an seinem Tisch: neben ihm ein älterer Mann und gegenüber eine mindestens ebenso alte Frau. Alle begrüßten ihn freundlich und er bemühte sich, den Gruß zu erwidern, ohne es zu einem Gespräch kommen zu lassen. Dies gelang ihm hervorragend. Das Interesse an seiner Person war zunächst erloschen. Der ältere Herr hatte genug damit zu tun, seine Hühnerkeule zu zerteilen und die einzelnen Stücke mit seinen zitternden Händen in den Mund zu befördern. Immer wieder fielen die Stücke von der Gabel auf den Teller, was Herrn Kues durchaus belustigt hätte, wenn er sich daran erinnert hätte, was Schadenfreude ist. Aber an ein solches Gefühl erinnerte er sich nicht. Wenn man es sich genau überlegte, erinnerte er sich an keinerlei Gefühle. Selbst seine Ängste hätte er nicht auf diese Weise beschrieben. Er hatte keine Ängste. Es gab nur Dinge, die er nicht mochte, weil sie anders waren als immer.

Die beiden Frauen am Tisch nahmen nur wenig Notiz von ihm. Sie waren zu sehr damit beschäftigt mit den Frauen diverser Nachbartische die neuesten Nachrichten auszutauschen. So war es Herrn Kues möglich, eine Kleinigkeit zu essen, ein wenig von dem warmen roten Tee zu trinken und sich anschließend völlig unbemerkt zu entfernen.

Jetzt, da er in seinem neuen Bett lag, hatte er die Gesichter seiner Tischnachbarn schon fast wieder vergessen und auf ihre Namen konnte er sich überhaupt nicht mehr entsinnen.

Herr Kues schloß die Augen. Er war nicht zufrieden mit seiner Situation. Ein Therapieplan, das war eine Sache – aber die vielen neuen Menschen, zu deren Begegnung er gezwungen wurde, das war etwas ganz anderes. Es überforderte ihn. So viele Menschen wie heute hatte er noch nie an einem Tag gesehen, so weit er sich erinnerte. Schon gar nicht hatte er sich mit so vielen direkt auseinandersetzen müssen. Aber was noch viel, viel schlimmer wog, war die innere Gewißheit, daß es mit diesem einen Tag nicht vorbei war. Im Gegenteil! Das heute war erst der Anfang – die nächsten drei Wochen würden Tag für Tag in ähnlicher Weise verlaufen. Weshalb konnte man ihn zwingen, so etwas tun zu müssen? Wer gab diesen Menschen das Recht dazu? War er nicht frei in seinen Entscheidungen? Er erinnerte sich nicht, er mußte darüber nachdenken.

Schließlich fiel Herr Kues in einen langen,

unruhigen Schlaf.

IV

Der Morgen war grau. Herr Kues öffnete die Augen und sah sich um. Langsam erinnerte er sich: Er war in der Klinik. Er schloß die Augen wieder und ließ den gestrigen Tag an sich vorbeiziehen. Er erinnerte sich an jede Einzelheit. Aber er erinnerte sich nicht an seine Eltern oder seine Geschwister, noch an irgendetwas anderes, das einmal anders gewesen ist, als es jetzt war. Er erinnerte sich an seine Wohnung und an sein Büro im Amt. Unwillkürlich zuckte er zusammen: Ihm fielen die vielen neuen Menschen ein, mit denen er es hier zu tun hatte. Im Amt kannte er alle seine Kollegen, auch wenn er nicht viel mit ihnen sprach. Wenn er es sich so richtig überlegte, sagte er überhaupt sehr wenig. Das war eine neue Erkenntnis für ihn, ausgelöst durch den Ausspruch des Arztes. Er fragte sich, ob er früher mehr gesprochen hatte, aber er erinnerte sich nicht. Daß er es konnte, hatte er gestern bewiesen. Und noch eine Erkenntnis hatte er gewonnen: Eine kurze Antwort war oft besser als ein langes Schweigen, um den Gegenüber zum Verstummen zu bringen. So jedenfalls hatte er es empfunden. Er wurde ruhiger bei dem Gedanken daran, daß ihm diese

Erkenntnis vielleicht helfen könnte.

Herr Kues hatte in seinem Leben viele Strategien entwickelt, um Dinge zu vermeiden oder von sich fernzuhalten, die er nicht mochte. Seine Lebensmittel z. B. kaufte er nicht im Laden. Das war ihm zu laut und zu anstrengend. Vor allem wußte man nicht, wie vielen Menschen man dort begegnete und an der Kasse konnte es passieren, daß die Kassiererin Fragen an einen richtete. Herr Kues bestellte seine Lebensmittel. Es gab Kataloge und Listen. Dort wählte er aus und ließ sich alles liefern. Der Fahrer läutete bei ihm und stellte die Waren im Hausflur ab. Herr Kues selber brachte sie nach oben in seine Wohnung im dritten Stock. Die Bezahlung erfolgte per Überweisung. So vermied er jeglichen Kontakt und die ganze Sache lief für ihn völlig menschenfrei ab.

In der Klinik funktionierten seine alten Strategien nicht. Er mußte sich etwas Neues ausdenken. Hier war er gezwungen, Menschen zu begegnen und mit ihnen zu sprechen. Und mehr noch: Er mußte sich ihre Gesichter merken und sie bestimmten Namen zuordnen können. Bisher waren alle freundlich zu ihm und wenn er es vermied, den Kontakt zu eng werden zu lassen, gelang es ihm vielleicht, die Zeit recht gut zu überstehen. Er hatte einmal ein Buch gelesen, er las viel, in dem es darum ging, daß jemand sich Geschichten ausdachte und vorgab, ein ganz Anderer zu sein. Das konnte nützlich für ihn sein. Es konnte ihm helfen, hier zu überleben. Er beschloß, heute mehr zu reden und Fragen so weit möglich zur

Zufriedenheit des Fragenden zu beantworten. Dabei mußte er sich aber möglichst seine Antworten merken, so weit sie nicht in Gänze der Realität entsprachen. Das verkomplizierte die Sache schon wieder. Herr Kues war nicht mehr so überzeugt von seiner wunderbaren Idee, wenn er unter diesem Gesichtspunkt länger darüber nachdachte. Er schaute auf die Uhr: Das Frühstück hatte begonnen. Was auch immer er tun würde, er mußte hinaus aus seinem Zimmer in die gefährliche, feindliche Welt. Ihm blieb keine andere Möglichkeit. Herr Kues stand auf.

Als er den Speisesaal an diesem Morgen betrat, sah er alles mit ganz anderen Augen als am Abend zuvor. Er suchte und erkannte Strukturen in allem: Er sah, daß die Tische in regelmäßigen Gruppen angeordnet waren und der gesamte Raum fast symmetrisch aufgebaut war. An der rechten Wandseite schien sich die Küche zu befinden, nur durch einen schmalen Durchlaß in dieser Wand mit dem Speiseraum verbunden. Die lange Seite gegenüber bestand, wie auch die linke Raumseite, aus einer großen Fensterfront. Das Buffet war vor dem Fenster links aufgebaut. Dazwischen und auch an den langen Raumseiten standen die Tischgruppen. Im Innenbereich waren jeweils mehrere Vierertische zu größeren Gruppen zusammengefaßt, optisch getrennt durch eine Art Holzgerüst. Die Tischgruppen an den Seiten hatten nicht vier, sondern sechs oder acht Plätze. An allen Tischen befanden sich an den Seiten merkwürdige

Halterungen, die Herr Kues gestern nicht wahrgenommen hatte, obwohl sie zweifelsohne schon dort gewesen sein mußten. Er fragte sich noch, wozu sie wohl dienten, als die Antwort auf seine Frage direkt an ihm vorbeilief. Eine ältere Frau mit zwei Gehhilfen, eine von vielen älteren Frauen mit zwei Gehhilfen, begab sich an ihren Platz. Die beiden Krücken drückte sie in eben jene Halterungen.

„Ach so", sagte Herr Kues. Jetzt fiel ihm auch auf, daß nicht nur viele, sondern fast alle der anderen Patienten hier mindestens eine Gehhilfe mit sich führten. Auch das war ihm tags zuvor entgangen. Herr Kues begab sich zu seinem Tisch und setzte sich auf seinen Platz. An den Nachbartischen wurde lebhaft geplaudert; er war noch allein. Was ihn, wie zu erwarten, nicht sonderlich bekümmerte. Herr Kues kostete das Alleinsein einen Moment aus, dann erhob er sich und ging langsam zu dem Buffet. Jedes Mal, wenn jemand ihm einen „Guten Morgen" wünschte, und das war ziemlich oft, nickte er leicht mit dem Kopf. Diese kleine Geste der Höflichkeit fiel ihm zu seiner eigenen Überraschung gar nicht so schwer.

Das Buffet bot sich ihm sehr übersichtlich dar und war auf das Notwendigste beschränkt: Brötchen, Marmelade, Butter, Wurst und Käse. Es gab verschiedene Säfte und dann noch etwas für die Müslifreunde. Herr Kues nahm sich einen der leeren Teller und schritt das Buffet langsam ab.

Mit zwei Brötchen, Butter und Erdbeermarmelade kehrte er zu Tisch Nummer 12 zurück, an dem inzwischen die rote und die andere Dame saßen. Erstere heute in bunt.

Er nickte beim Hinsetzen leicht mit dem Kopf und fügte noch ein:

„Guten Morgen" hinzu.

Das löste eine sofortige Reaktion bei den beiden Damen gegenüber aus: sie wünschten ihm Gleiches und die rote, jetzt bunte Dame fragte sogleich, wie er die erste Nacht überstanden habe.

„Gut", sagte er knapp. Das beruhigte die Damen und sie plauderten munter in alle Richtungen weiter. Herr Kues war sichtlich beeindruckt über seinen Erfolg. Durch ein paar wenige Worte war es ihm gelungen, einen positiven Eindruck zu hinterlassen und gleichzeitig hatte er seine Ruhe bis zum Ende des Frühstücks. Herr Kues fragte sich, ob das ein Zufall war, oder ob es immer so einfach für ihn sein würde, sein Ziel zu erreichen.

Der Fernsehraum war ein ganz normaler Raum, der einem Klassenraum glich. An den Wänden standen auf drei Seiten Stühle, von denen einige schon besetzt waren. Die wenigen Tische waren gegen die vierte Wand der Raumseite geschoben worden. Herr Kues wählte seinen Platz auf der Fensterseite, der Tür gegenüber. Hier hatte er den gesamten Raum gut im Blick. Wieder bemerkte er, daß die Mehrzahl der Patienten auf Gehhilfen angewiesen war. Herr Kues fragte sich, ob das nur hier oder auch in anderen Kliniken so war und, wie viele Menschen es auf der ganzen Welt geben mußte, die Gehhilfen benötigten, allein, wenn man die betroffenen Patienten aller Kurkliniken addierte. Ihre Zahl mußte unermeßlich hoch sein. Er gehörte nicht zu ihnen und er war froh darüber, daß es so war. Mit so einem Stock wäre er hier immer auf die Hilfe anderer Menschen angewiesen. Das wäre schrecklich. Man hätte sagen können, er bedauerte die Menschen mit ihren Gehhilfen, wenn er so etwas wie Bedauern hätte empfinden können.

Die Plätze an seiner Seite blieben unbesetzt. Herr Kues atmete auf. Die Prozedur die nun folgte, dauerte nicht sehr lange. Jeder der anwesenden neu angekommenen Patienten bekam seinen Therapieplan für die laufende Woche persönlich von der Oberorganisationsschwester ausgehändigt. Im Anschluß daran konnte man Fragen an die Schwester stellen, die von ihr dann auch sofort beantwortet wurden.

Herr Kues hatte keine Fragen und zu seiner Überraschung auch keiner der anderen anwesenden Patienten. Die Einführungsveranstaltung im Fernsehraum war daher schneller als geplant beendet und Herr Kues hatte etwas mehr Zeit, sich seinen Therapieplan genau anzusehen.

Herr Kues hatte sich für seinen ersten Programmpunkt umgezogen. Er sah jetzt richtig sportlich aus in seinem dunkelblauen Jogginganzug. Es war ein alter Jogginganzug, der schon immer in seinem Schrank gehangen hatte. Er konnte sich jedenfalls nicht daran erinnern, daß er einmal nicht dort gewesen wäre, wenn er die

Schranktür geöffnet hatte. Einen kurzen, ganz kurzen Moment fragte er sich, aus welchem Grunde er ihn vor Jahren wohl erworben hatte. Da er keine Antwort darauf fand, tröstete er sich mit dem Gedanken, daß es schon einen vernünftigen Grund dafür gegeben haben mußte.

Die Gymnastikhalle lag im Untergeschoß des Hauses. Hier waren auch die anderen Übungsräume, das Schwimmbad, die Sauna und Vieles mehr untergebracht. Diesen Teil der Klinik kannte er bisher noch nicht. Das sollte sich jedoch sehr schnell ändern. Auch hier gab es wieder sehr viele Menschen, zu viele Menschen. Und auch hier wimmelte es von Gehhilfen.

Herr Kues ging langsam den Gang entlang und las die Aufschriften an den einzelnen Türen: „Schwimmbad Umkleideraum Männer", „Schwimmbad Umkleideraum Frauen", „Massagen", „Bäder" und viele andere Dinge standen dort in großen Buchstaben. Man hatte ihm keine Bäder verordnet und auch keine Massagen. Das störte ihn nicht besonders. Er hatte seine eigene Badewanne in seiner eigenen Wohnung.

Die Gymnastikhalle lag ganz am hinteren Ende des Ganges. Durch die Glastür konnte man in das Innere sehen und dort sah er einige Menschen, die auf flachen blauen Matratzen am Boden lagen und merkwürdige Bewegungen ausführten. Sie wirkten sehr angestrengt. Nach und nach gesellten sich weitere Patienten zu Herrn Kues, die an derselben Veranstaltung wie er teilnehmen zu wollen schienen. Fast alle machten den Eindruck, als wenn sie bereits wußten, was sie erwartete: Kaum hatte die Gruppe der flachen blauen Matratzen die Halle verlassen, strömten seine Mitwartenden hinein und jeder nahm sich einen großen, grünen Ball auf dem er sich dann niederließ und wippte. Herr Kues beschloß, daß zu machen, was alle taten. Also folgte er den anderen in die Halle und holte sich auch einen jener großen, grünen Bälle, ließ sich auf ihm nieder und wippte. Es war ein merkwürdiges, aber kein unangenehmes Gefühl. Dann betrat Frau Maier-Vorwald die Halle. Sie trug eine Art Ordner unter ihrem linken Arm, den sie aufschlug. Nun rief sie die Namen, die auf einer Liste in diesem Ordner standen, der Reihe nach auf und machte einen Haken dahinter, wenn derjenige sich mit einem „Hier" oder „Ja" oder sonst in irgendeiner Weise gemeldet hatte. Herr Kues wurde nicht aufgerufen. Er hatte das Gefühl, etwas sagen zu müssen, also rief er:

„Kues, Herr Kues."

Frau Maier-Vorwald schaute erst ihn und dann ihre Liste an:

„Sie stehen nicht hier drauf!" sagte sie, „sind Sie neu?"

„Ja", sagte Herr Kues und war sichtlich erleichtert, auch diese Situation mit einem einzigen Wort gemeistert zu haben. Frau Maier-Vorwald notierte sich kurz seinen Namen und erklärte den Anwesenden dann, warum ihrer Meinung nach dieser große, grüne Ball bei der Halswirbelsäulengymnastik viel zu sehr überschätzt wird. Herr Kues horchte auf: alle hatten diesen großen, grünen Ball genommen, weil immer alle diesen großen, grünen Ball nahmen. Keiner hatte sich gefragt, warum es so war. Das kam ihm irgendwie bekannt vor.

„Wenn nun schon alle auf den Bällen sitzen, gut, dann wollen wir uns auch ihrer bedienen", sagte Frau Maier-Vorwald und verteilte zusätzlich ein Stück Grün, das man abwickeln konnte. Es war ein ziemlich langes Stück Grün, das sich als etwa handbreites Gummiband entpuppte, das fürchterlich roch. Mithilfe dieses Bandes wurden nun die Anwesenden zu Schweißausbrüchen getrieben. Auch Herr Kues schwitzte. Er schwitzte mehr, als er es auf der Fahrt im Zug getan hatte. Das Wasser lief über sein Gesicht und unter dem Sporthemd, welches er zusätzlich unter seiner Joggingjacke trug, den Rücken hinunter.

„Etwas mehr nach vorne!"

Herr Kues zuckte zusammen, als er die Berührung von Frau Maier-Vorwald auf seinen Schultern spürte, die von ihr leicht nach vorne gedrückt wurden. Zu seinem Glück interpretierte sie das Zucken von Herrn Kues als Schmerz.

„Ja, das kann manchmal weh tun", sagte sie und setzte ihren Weg zum nächsten Patienten fort. Weitere Berührungen blieben Herrn Kues für dieses Mal erspart. Er beschloß, von nun an genauer auf das zu achten, was der Trainer vorne vormachte. Wenn er es exakt ausführte, blieben ihm Korrekturen in Form einer Berührung bestimmt erspart.

Jede Übung wurde kurz erklärt und mußte

anschließend von den Anwesenden mehrmals wiederholt werden. Die halbe Stunde erschien Herrn Kues wie eine kleine Ewigkeit. Es war kein Vergleich zu dem, was er danach über sich ergehen lassen mußte.

Herr Kues hatte seine erste Sitzung „Einzelkrankengymnastik". Von seinen Lendenwirbeln aufwärts gab es danach keine Stelle, die nicht geschmerzt hätte. Herr Kues schüttelte sich bei dem Gedanken daran, daß es weitere dieser Stunden des Quälens für ihn geben würde. Er überlegte, das Mittagessen ausfallen zu lassen. Dieses aber, so sagte er sich dann, würde keinen guten Eindruck auf die Tischnachbarn machen und sie vielleicht zu zusätzlichen Fragen anspornen. Außerdem widersprach es seinem neuen Konzept. Er mußte hinunter in den Speiseraum. Sein Rücken schmerzte fast unerträglich. Noch nie hatte er derartige Schmerzen gehabt, so weit er sich erinnern konnte. Die linke Schulter reagierte auf den kleinsten Druck äußerst empfindlich. Herr Kues fühlte sich sehr unwohl. Dieser Aufenthalt hier sollte ihn doch gesund machen, dachte er. Bisher war eher das Gegenteil der Fall.

Der freundliche junge Mann, sein Einzeltrainer, hatte zunächst die üblichen Fragen gestellt, die Herr Kues durch ein Nicken oder mit einem kurzen „Ja" oder „Nein" beantwortete. Dann mußte er sich vor seinen Einzeltrainer hinstellen und erneut Bewegungen in unterschiedliche Richtungen ausführen. Diesmal mit dem Oberkörper. Sein

Gegenüber schüttelte immer wieder den Kopf und notierte Dinge auf seinem Blatt. Danach ging es in die „Folterkammer". So nannte man unter den Patienten den Übungsraum. Nach der ersten Lektion wußte Herr Kues auch, warum man das tat. Zunächst machte alles eigentlich einen freundlichen, friedlichen und harmlosen Eindruck: Der Raum war hell, groß und überall standen die unterschiedlichsten Dinge oder waren an der Wand befestigt. Herr Kues durfte sich vor eine Art breiten Griff stellen, der in der Luft schwebte und an einem Drahtseil hing. Das sah interessant aus. Es sah genau so lange interessant aus, wie der Trainer brauchte, um ihm zu erklären, was Herr Kues nun zu tun hatte.

Am Ende stand er in einer recht merkwürdigen Haltung mit dem Gesicht zu dem Gerät, hatte mit beiden Händen den Griff umfaßt und zog diesen in einem Halbkreis zu sich heran. Eine sehr unangenehme Bewegung, die er viele Male wiederholen mußte. Erschwerend kam hinzu, daß sich an der anderen Seite des Drahtseiles, an dem sich der Griff befand, Metallgewichte befanden, die Herr Kues bei jedem Ziehen mit in die Höhe hieven mußte. Eine für ihn schier unlösbare Aufgabe.

„Sie müssen das üben. Üben, üben, üben. Sie können während der Öffnungszeiten den Trainingsraum jederzeit betreten, um an den Geräten zu üben. Und Sie werden sehen: Es wird von Mal zu Mal einfacher." Herr Kues schwitzte und glaubte nicht an die Worte seines Trainers.

Herr Kues hatte sein erstes Mittagessen beendet. Das erste in der Klinik und das erste überhaupt irgendwo anders, d. h. soweit er sich erinnerte. Seine Tischnachbarn waren zufrieden mit dem, was man ihnen vorgesetzt hatte, also war er es auch. Er hatte ja keinen Vergleich.

„So also schmeckt eine Rinderroulade", dachte er und beschloß, diesen Geschmack zu mögen, um sich später daran erinnern zu können.

Die Wolken am Himmel waren eher grau als weiß und sie verhießen nichts Gutes. Die Bank, auf der Herr Kues saß, stand einige Meter entfernt von einem schilfbewachsenen kleinen Teich im Kurpark. Um diese Zeit war der Kurpark fast menschenleer. Nur vereinzelt sah man ein paar Spaziergänger oder Leute aus den benachbarten Häusern, die ihre Hunde ausführten. Herr Kues genoß die relative Einsamkeit. Er versuchte, seine Gedanken zu ordnen und die vielen neuen Dinge irgendwie in sein bisheriges Denkmuster zu integrieren. Sein Plan vom Morgen schien bisher aufzugehen. So sehr ihn das auf der einen Seite beruhigte, verwunderte es ihn auf der anderen. Er hatte eigentlich nichts weiter getan, als ein paar wenige Worte zu sprechen und ab und an zu nicken oder den Kopf zu schütteln. Herr Kues beschloß, weiter so zu verfahren und die Sache genau zu beobachten. Für endgültige Rückschlüsse schien es ihm noch zu früh zu sein. Die Wolken sahen aus, wie große, dunkle Berge, die sich bewegten. Aber es waren keine Berge, denn Berge bewegten sich nicht. Das wußte er.

Den Vortrag über „gesund werden und gesund bleiben" nahm Herr Kues nicht ohne Interesse zur Kenntnis, obwohl er nicht wußte, warum man ihn dorthin geschickt hatte: Er rauchte nicht, trank nicht und hatte weder ein künstliches Hüftgelenk, ein künstliches Kniegelenk noch Übergewicht. Auf die Mehrzahl der anderen Patienten aber schien das eine oder das eine und auch das andere zuzutreffen. Herr Kues sah sich als nicht direkt betroffener Beobachter. Der Arzt erzählte was von Statistiken, nach denen bestimmte Risikofaktoren eine bestimmte Verkürzung der Lebenserwartung bewirkten. Andere wiederum verlängerten die zu erwartende Verweildauer auf der Erde. Herr Kues fing an, die Aussagen des Arztes auf die einzelnen Anwesenden zu übertragen. Auf mindestens einen älteren Herrn schien fast alles Negative zuzutreffen. Herr Kues errechnete das mögliche Höchstalter dieses Herrn nach Abzug der einzelnen lebensverkürzenden Risikofaktoren, die er vom erreichbaren Durchschnittsalter abzog und kam zu einem überraschenden Ergebnis: Dieser Patient war schon seit Jahren tot oder er mußte eine Lebenserwartung haben, die der Methusalems entsprach. Nach zwei weiteren ähnlichen Ergebnissen bei anderen Patienten beschloß Herr Kues, daß Statistik etwas war, das er in Zukunft außer Acht lassen konnte. Er lagerte es in seinem Gedächtnis bei den Dingen, die er nicht mochte.

Frau Zwingli war die Hausdame. Ihre Einführung für die Neuankömmlinge war der letzte offizielle Programmpunkt für Herrn Kues an diesem Tag. Herr Kues fragte sich, ob es nicht besser gewesen wäre, diese Einführung bei oder kurz nach der Ankunft durchzuführen und nicht, nachdem man schon fast zwei Tage in der Klinik verbracht hatte. Aber, da es immer so war, war es wohl auch richtig so. Er hatte schließlich keine Ahnung von Einführungen und von der Verwaltung einer großen Klinik. Frau Zwingli schon. Sie erzählte in der folgenden Stunde all die Dinge, die Herr Kues inzwischen selbst herausgefunden hatte. Aber sie tat es auf ihre eigene, langatmige und schwer verständliche Weise. Jeder hatte Schwierigkeiten, ihren Ausführungen über eine längere Zeit zu folgen. Aber es hatte ein Glas Orangensaft für jeden gegeben. Das fand Herr Kues sehr freundlich von der Klinik.

„Mama, da sitzt ein trauriger Mann!" Herr Kues, der auf einer Bank im Kurpark saß, sah auf und erblickte einen kleinen Jungen auf einem Dreirad. Er trug einen Fahrradhelm. Die Eltern des Kindes gingen ein Stück hinter ihm.
„Ein trauriger Mann", wiederholte er. Herr Kues kannte den Ausspruch: „Kindermund tut Wahrheit kund!" Er fragte sich, ob er ein trauriger Mann war. „Was ist ein trauriger Mann?" dachte Herr Kues. Er wußte nicht, wie er wissen sollte, ob er ein trauriger Mann war. Dazu mußte er vor allem wissen, was man unter „traurig" verstand. Herr Kues konnte

sich nicht erinnern, jemals traurig gewesen zu sein. Er dachte an das Verschwinden der Pförtner bei ihm im Amt. Sein Kollege hatte damals gesagt:

„Ist das nicht traurig?"

Waren die Pförtner traurige Männer? Hieß traurig, wenn man nicht mehr da war? Aber er war noch da, das wußte er. Also mußte es etwas anderes sein. Er beschloß, es herauszufinden. Beim Abendessen wollte er einen Versuch unternehmen.

Die beiden Damen an seinem Tisch unterhielten sich wie immer sehr angeregt.

„…und stell dir vor, da will ich meine Zimmertür aufschließen und der dumme Schlüssel paßt nicht richtig. Wie ich es gerade das zweite Mal versuchen will, geht die Tür auf und da steht so ein alter Mann mit seinem Rollator vor mir und schaut mich ganz verängstigt an. Da bin ich Dussel doch eine Etage zu hoch gefahren!"

„Ist das nicht traurig?" sagte Herr Kues. Die beiden Frauen hörten auf zu lachen und sahen Herrn Kues an, der keine Miene verzog.

„Na, Sie sind ja lustig!" sagte die bunte, ehemals rote und im Augenblick grüne Dame. Herr Kues beschloß, sie in Zukunft bei ihrem Namen zu nennen, sie wechselte ihm zu oft die Farben. Er sah also Frau Hannemann an:

„Traurig!" sagte er.

Beide Damen an seinem Tisch konnten sich ein Lächeln nicht verkneifen.

„Ich sage traurig und sie finden es lustig", dachte

er. „Ist ein trauriger Mann auch ein lustiger Mann?"
Die Antwort auf diese Frage mußte warten, denn in
diesem Augenblick setzte sich Dieter neben ihn,
nachdem er seine Krücken in den vorgesehenen
Halterungen platziert hatte.

„Du, Dieter", sagte Frau Hannemann, „der
Helmut, der ist ja einer! Da hast du eben was
versäumt!"

„Da bin ich aber traurig", sagte Dieter.

„Lustig!" verbesserte ihn Herr Kues, „Du bist
lustig!"

„Nein, du bist lustig!" sagte Frau Hannemann
lachend zu Herrn Kues, „sehr lustig sogar."

„Ich bin ein trauriger Mann", versuchte es Herr
Kues erneut.

„Ja", sagte Frau Hannemann, „sehr traurig!"
Dabei grinste sie vor Vergnügen über alle Backen.

Jetzt war er also sogar sehr traurig. Sein
Versuch herauszufinden, ob er ein trauriger Mann
war, war für den Augenblick fehlgeschlagen. Er
wußte weniger als vorher und er war verwirrter als
vorher. Herr Kues beschloß, die Beantwortung der
Frage nach dem traurigen Mann vorerst
zurückzustellen.

Die dunklen Wolken waren verschwunden. Die
Sonne schien am nahezu blauen Himmel. Herr
Kues saß mit geschlossenen Augen auf seinem
Balkon und genoß die Wärme. Hier oben war er
allein. Eine Liege wäre gut, dachte er. So eine, wie
er sie auf den Wiesen im Kurpark gesehen hatte.
Der weiße Plastikstuhl war auf Dauer reichlich

unbequem und auch der kleine Hocker auf den er seine Füße gelegt hatte, änderte daran nicht viel. Herr Kues hätte sich gerne ausgestreckt und die Sonne auf seinem ganzen Körper gespürt. Er mochte die Sonne. Er hatte sie immer gemocht. Sie war so hell. Wenn er zu Hause an den Wochenenden seine Spaziergänge bei Sonnenschein unternahm, setzte er sich immer für eine kurze Weile auf eine Bank und schloß die Augen. Es war immer dieselbe Bank. Bis eben hätte er nicht gewußt, was er getan hätte, wenn es diese Bank einmal nicht mehr gegeben hätte.

Manche Bänke verschwanden einfach. Einige davon kehrten irgendwann in einer anderen Farbe zurück, andere blieben für immer verschwunden. Jetzt wußte er, daß man sich von der Sonne auch an einer anderen Stelle wärmen lassen konnte. Das hatte er durch Zufall entdeckt, als er nach dem Abendessen auf den Balkon gegangen war, weil das Zimmer ihn erdrückte und er dachte, keine Luft mehr zu bekommen. Draußen wurde ihm schwindlig und er setzte sich auf den weißen Plastikstuhl und schloß die Augen. Irgendwann kam die Sonne hinter einer Wolke hervor und so hatte er es entdeckt. Er glaubte sogar, noch eine andere Entdeckung gemacht zu haben. Er glaubte zu verstehen, warum die Leute im Park auf den Liegen lagen: Auch sie genossen die Sonne. Morgen wollte er es ausprobieren. Wenn er Recht hatte, und er war sich dessen sehr sicher, dann wäre so eine Liege für seinen Balkon zu Hause wirklich sehr bequem.

„Noch angenehmer wäre es, wenn es ruhiger wäre", dachte Herr Kues. In einem der Zimmer unter ihm schrie die ganze Zeit ein Kind. Kinder gab es hier eigentlich nicht, was Herr Kues als großen Vorteil empfand. Jemand mußte Besuch haben. Die Hausdame hatte in ihrem Vortrag gesagt, daß das möglich wäre. Herr Kues hatte keinen Besuch und er würde auch keinen bekommen. Wer sollte ihn besuchen? Herr Kues überlegte, ob Besuch etwas Gutes war. Er kam zu dem Ergebnis, daß das nicht sein konnte: Wer konnte schreiende Kinder schon als etwas Gutes bezeichnen! Es war schon ganz richtig, daß er Besuch nie gemocht hatte, so lange er sich erinnern konnte. Herr Kues fühlte sich nicht wohl. Er war ein trauriger-lustiger Mann und hatte keine Ahnung, was ein trauriger-lustiger Mann war.

V

Eine weitere unruhige Nacht lag hinter Herrn Kues. Stimmen drangen an sein Ohr und er öffnete die Augen. Langsam besann er sich darauf, wo er sich befand. Die Stimmen stammten von den rauchenden Menschen. Er mochte keine Menschen. Aber noch weniger mochte er rauchende Menschen. Und am Allerwenigsten mochte er laute, rauchende Menschen. Die

Stimmen waren ganz deutlich zu hören und wenn er sich ein wenig bemüht hätte, hätte er bestimmt den Sinn ihrer Worte verstanden. Aber er bemühte sich nicht. Es war ihm gleichgültig, wovon diese Stimmen sprachen. Die zurückliegende Nacht war anstrengend genug für ihn. Alle Nächte waren anstrengend für ihn, solange er sich erinnern konnte. Seine Gedanken machten sich selbständig in der Dunkelheit und kreisten um die Dinge des Tages. Er fühlte sich zerschlagen am Morgen, alles um ihn herum wirkte zugleich real und unwirklich. Es war, als ob er noch schliefe. Aber, er war wach.

Auf dem Weg zum Speisesaal fiel ihm eine Landkarte an einer der Wände auf. Auf ihr waren die Standorte aller Kliniken verzeichnet, die zu dieser Klinikgesellschaft gehörten. Es waren sehr viele, verteilt über das ganze Land. Dennoch waren in der Mehrzahl der Orte, die ein „Bad" im Namen führten, keine Kliniken dieser Gruppe verzeichnet. Da aber in jedem „Bad" viele Kliniken existierten, das wußte Herr Kues, mußte ihre Gesamtzahl allein in diesem Land enorm sein. Herr Kues dachte daran, wie viele Länder es auf der Welt gab und er fragte sich, ob die Zahl der Kurkliniken überall ähnlich hoch war. Wenn dies der Fall sein sollte, so sagte er sich, mußte ein großer Teil der Welt nur aus Kliniken bestehen.

Als er durch den Speisesaal ging, sah Herr Kues, daß die Plätze für die Patienten mit den Gehhilfen schon vollständig gedeckt waren. Er blieb kurz stehen und ließ seinen Blick durch den Raum schweifen: Fast alle Plätze waren vollständig gedeckt. Das Haus war voll. Allein in der näheren Umgebung gab es vier weitere Kliniken mit vielen, vielen weiteren Patienten. Wie hoch mochte ihre Zahl im ganzen Land sein? Das ganze Land mußte nur aus kranken, an Krücken gehenden Menschen bestehen. Diesen Eindruck hatte Herr Kues, wenn er um sich blickte. Daß es nicht so war, hatte er auf der Zugfahrt gesehen. Aber es verwunderte ihn. Er fühlte sich als einer der wenigen Gesunden und kam sich völlig fehl am Platze vor. Diese Gedanken belasteten ihn. Herr Kues fühlte sich krank durch die Gegenwart der Kranken.

Und wieder saß Herr Kues auf einem der vielen Stühle, die in vielen Gruppen vor vielen Türen standen und er wartete. An der Tür gegenüber, seinem nächsten Therapieort, hing ein rotes Schild mit weißer Schrift. „Bitte nicht stören" stand darauf. Also hatte er sich gesetzt und störte nicht. Zuerst saß er alleine dort, was ihm natürlich sehr gefiel. Ab und an kam jemand vorbei und ab und an sagte jemand „Hallo" oder „Guten Morgen." Herr Kues hob dann jedes Mal den Kopf und nickte kurz. Der Raum ihm gegenüber war der Gruppentherapieraum. Er kannte diesen Raum bereits. Hier hatte gestern die Einführung durch die Hausdame stattgefunden. Es war kein besonders großer und auch kein besonders schöner Raum. Er hätte nichts dagegen gehabt, auf dieser Seite der

Tür bleiben zu dürfen.

Ein Mitpatient kam und setzte sich ein Stück von Herrn Kues entfernt auf einen der anderen Stühle. Dann erschien eine unbekrückte, dafür sehr eilige Patientin. Zuerst stürmte sie den Gang bis zum anderen Ende entlang. Dort hielt sie kurz inne, sah, daß es nicht weiter ging und stürmte wieder zurück. Diesmal bis zum gegenüber liegenden Ende. Dort änderte sie erneut ihre Laufrichtung um bis zur Tür mit besagtem Schild „Bitte nicht stören" zu stürzen. Ihre rechte Hand bewegte sich zur Türklinke. Der Mitpatient von Herrn Kues sagte:

„Bitte nicht stören!"

„Aber ich muß da rein", sagte die stürzende Frau.

„Ich auch", entgegnete der Mitpatient, „aber da sind noch welche drin."

„So, so", sagte die Frau mit einem abwesenden Klang in ihrer Stimme. Dann wollte sie die Tür vor ihr erneut öffnen.

„Sie stören, wenn Sie das tun!" sagte der Mitpatient.

„Ich störe?" Die stürzende Frau war jetzt eine überraschte Frau: „Wen?"

„Die Personen in dem Raum", sagte der Mitpatient.

Die Frau sah den Mitpatienten an: „Ist denn da noch jemand drin?"

Der Mitpatient nickte.

Die noch immer überraschte Frau schaute auf ihre Uhr, kramte in einer der Taschen ihrer Jacke und zog schließlich einen Zettel hervor. Nachdem sie ihn auseinandergefaltet hatte, stellte er sich als ihr Therapieplan heraus. Sie schaute auf den Zettel, dann auf das Schild neben der Tür, wieder auf den Zettel und erneut auf das Schild. Anschließend äußerte sie ihre Bedenken darüber, ob dies wirklich der Gruppentherapieraum wäre, den sie laut Plan aufsuchen müßte. Das Schild links neben der Tür mit der Aufschrift „Gruppentherapieraum" schien sie nicht davon überzeugen zu können.

Als sich die Tür wenig später öffnete, spie der Raum ein paar wenige Menschen aus. Herr Kues betrat den Raum mit vier weiteren Patienten. Ein sehr junger Mensch männlichen Geschlechts saß vorne im Raum an einem der Tische, einen aufgeklappten Aktenkoffer mit diversen Papieren vor sich. Die anderen Patienten verteilten sich im Raum. Die eilige Dame fragte, ob man auch liegen könne. Man konnte. Dies sei bei der Muskelentspannung durchaus nicht verkehrt, bemerkte der junge Mensch mit dem Aktenkoffer. Herr Kues überlegte und entschied sich gegen das Sitzen.

Der junge Mensch war ein Psychologe und eine Vertretung. Das war Herrn Kues gleichgültig. Er war hier, weil es auf seinem Therapieplan so angeordnet war.

Zunächst gab es ein paar einleitende theoretische Sätze von dem jungen Menschen, der ein Psychologe und eine Vertretung war, über die Muskelentspannung nach Jacobsen. Das Ziel dieser Methode bestand darin, seinen Körper bewußter wahrzunehmen und durch die Übungen schließlich zu einem Schmerz- und Spannungsabbau zu kommen. Herr Kues wußte nicht, ob er Spannungen hatte. Er lag am Boden und starrte an die Decke. Der Psychologe forderte die Anwesenden auf, die Augen zu schließen. Herr Kues schloß die Augen. Er hörte die Stimme des Psychologen wie durch einen Vorhang und die Geräusche in dem Raum und vor dem Fenster rückten in weite Ferne. Es gab bestimmte Wörter, auf die man mit bestimmten Handlungen reagieren mußte. Diese Wörter hießen „Signalwörter". Das Signalwort „jetzt" bedeutete, daß man die vorher benannten Muskeln anspannen mußte. Bei „lösen" oder „loslassen" wurden sie wieder entspannt. Die Spannung sollte für etwa zehn Sekunden gehalten werden, die Entspannungsphase dauerte eine halbe Minute. Herr Kues konnte sich nicht vorstellen, wie durch dieses Ritual Schmerzen gelindert oder Spannungen in seinem Körper abgebaut werden sollten, von denen er nicht einmal wußte, daß er sie hatte. Aber da er an diesen Übungen teilnehmen mußte und sich keinen unangenehmen Fragen aussetzen wollte, beschloß er, den Anweisungen genauestens zu folgen.

„Wir haben die Augen geschlossen und konzentrieren uns auf unsere stärkere Hand", sagte der Psychologe.

Herr Kues wußte nicht, welche Hand seine stärkere war. Darüber hatte er sich nie Gedanken gemacht. Er wußte bis zu diesem Moment nicht einmal, daß man eine stärkere Hand besaß. Jedenfalls konnte er sich nicht daran erinnern, daß er es wußte.

„…nur auf die stärkere Hand, wir spüren sie…"

Herr Kues entschied sich für seine rechte Hand, denn die meisten Menschen waren Rechtshänder, das wußte er.

„…wir spüren die Hand und ballen sie zu einer Faust, wenn wir das Signalwort hören – jetzt!"

Herr Kues machte eine Faust mit seiner rechten Hand.

„Sie spüren die Anspannung in der Hand, nur die Hand wird angespannt und wir lösen, wir lösen ganz und wir spüren die Veränderung."

Herr Kues hatte die Hand geöffnet und zu seinem Erstaunen bemerkte er ein warmes, leicht kribbelndes Gefühl in seiner rechten Hand. Es war ein sehr angenehmes Gefühl.

„Wir konzentrieren uns wieder auf die stärkere Hand und schließen diese zu einer Faust – jetzt!"

Herr Kues schloß erneut die rechte Hand und konnte es kaum erwarten, sie wieder zu öffnen, um dieses angenehme Gefühl der fließenden Wärme in ihr zu verspüren. Er bedauerte es, daß anschließend die andere Hand an der Reihe war, aber dieses Bedauern hielt nur eine kleine Weile an, denn dort war das Gefühl nach dem Öffnen genauso angenehm wie auf der anderen Seite. Herr Kues fühlte sich sehr wohl. Er kostete jedes Schließen und Öffnen aus.

„Jetzt gehen unsere Gedanken langsam weg von den Händen, wir hören wieder die Geräusche, die uns umgeben und wir erinnern uns daran, wo wir uns befinden. Jetzt blinzeln wir leicht mit den Augen, sehen den Raum schemenhaft vor uns und öffnen dann die Augen ganz. Wir strecken uns und stehen langsam auf."

Herr Kues war begeistert. Er fühlte sich so gut, wie schon lange nicht mehr. Er mochte diesen Jacobsen.

Der Therapieplan von Herrn Kues für den heutigen Tag war gut gefüllt. Er ließ ihm kaum Zeit für andere Dinge, was ihn aber nicht weiter störte. So verging der Tag wenigstens. Die Untersuchung der Lunge ergab, daß sie gesund war. Es gab keinerlei Auffälligkeiten.

Das anschließende Wirbelsäulentraining fand in der Gymnastikhalle statt. Als Herr Kues sie betrat, waren schon einige andere Patienten anwesend. Sie hatten sich je eine der Gummimatten geholt und auf ihr eine Kopfrolle und ihr Handtuch platziert. Das Handtuch mußte man zu allen Übungen mitnehmen. So stand es in den Klinikvorschriften. Herr Kues hatte gelernt, es den anderen gleich zu tun. Obwohl er am Tag zuvor gesehen hatte, daß nicht alles, was alle tun unbedingt das Richtige sein mußte, tat er, was alle taten. Also holte er sich eine Gummimatte. Er hatte die Wahl zwischen grün und blau. Herr Kues wählte eine blaue Matte. Er mochte blau. Er hatte es schon immer gemocht. Die Kopfstützen befanden sich in einem sehr großen Pappkarton. Das Handtuch trug er in seinem neuen Stoffbeutel bei sich.

Die Übungsleiterin war jünger als er und sie war auch dynamischer. Sie erzählte fortwährend etwas vom Vierfüßerstand und verrenkte sich dabei, bis sie ganz merkwürdig auf allen Vieren stand. Sie erinnerte ihn an einen Schimpansen, den er einmal auf einem Foto gesehen hatte. Alle taten es ihr gleich, auch Herr Kues. Dann mußte man mal das eine Bein nach vorne setzen, mal das andere. Den Kopf, den Rumpf – hoch, runter, vor, zurück. Die meisten anderen Patienten stöhnten. Herr Kues folgte stereotyp allen Anweisungen. Eine wirkliche Anstrengung verspürte er nicht. Er schwitzte nicht einmal. Allerdings fragte er sich, wie diese merkwürdigen Verrenkungen der Gesundheit seines Körpers dienten. Er wußte es nicht.

Der Patient in der hinteren Ecke ihm gegenüber war etwa im Alter von Herrn Kues. Er war einen Kopf größer und mindestens 100 Kilogramm schwerer als er. Jede seiner Bewegungen wurde von ihm durch ein übermäßig lautes Stöhnen begleitet und am Ende jeder Übung ließ er seinen Körper einfach auf den Boden fallen, was ein mittleres Erdbeben auslöste. Herrn Kues wunderte es nicht, daß dieser Patient Probleme bei der Durchführung der einzelnen Übungen hatte. Er glaubte allerdings auch nicht, daß es viel Sinn hatte, daß dieser Herr überhaupt daran teilnahm.

Nach dem Wirbelsäulentraining besuchte Herr Kues kurz den Trainingsraum und führte dort die am Vortag erlernten Übungen am sogenannten Vertikalzug durch. Im Gegensatz zum gestrigen

Tag genoß er sichtlich die Bewegungen. Vor allem das An- und Entspannen seiner Armmuskulatur bereitete ihm große Freude. Verstärkt wurde der positive Effekt noch dadurch, daß er die meiste Zeit allein in dem Trainingsraum verbrachte.

Das heutige Mittagessen stand unter einem Motto. Herr Kues wußte nicht, was ein „Motto" war, aber das Motto lautete „Italien". Auf den Tischen standen Weingläser mit Orangensaft und einem Strohhalm. An den Glasrändern befanden sich unterschiedliche kleine Plastikfiguren. Am Glas von Herrn Kues sah man einen Esel. Dort, wo sonst das Buffet aufgebaut war, hingen kleine italienische Fahnen und auch die Servietten auf den Tischen waren in den italienischen Landesfarben gehalten. Als Vorspeise wurde eine „Bunte Gemüseminestrone" gereicht und als Nachtisch ein „Tiramisu". Diese beiden Speisen mußten aus Italien stammen, dachte Herr Kues, denn alles an diesem Mittagessen hatte irgendwie mit Italien zu tun. Er überlegte, ob ein Motto etwas ist, das immer mit einer Sache zu tun hat.

Dann dachte er darüber nach, was er über Italien wußte: Der Papst wohnte dort und es gab Venedig. Dort fuhren die Menschen hin, wenn sie geheiratet hatten. Viele seiner Kollegen waren schon in Italien, aber die waren irgendwo am Meer oder auf Sizilien. Es mußte ein sehr schönes Land sein, er hatte nur Gutes darüber gehört. Herr Kues überlegte, wie er noch mehr über Italien erfahren könnte. Er beschloß, sich ein Buch über dieses

Land zu besorgen. Es gab bestimmt ein Buch über ein so bekanntes Land.

Das Hauptgericht nannte sich „Schweinerückensteak Picata Milanese mit Basilikumnudeln und mediteranem Sommersalat". Herr Kues kannte Nudeln. Aber derartig geformte hatte er noch nicht gesehen. Jedenfalls konnte er sich nicht daran erinnern. Sie sahen aus wie kleine Schmetterlinge. Die grünen Punkte, die überall auf ihnen verteilt waren, das mußte Basilikum sein. Herr Kues mochte Nudeln, aber er wußte nicht, ob er Basilikum mochte. Er schaute sich unauffällig nach allen Seiten um: Alle anderen aßen und es schien ihnen zu schmecken. Herr Kues piekte einen der kleinen Schmetterlinge mit seiner Gabel auf und ließ ihn in seinen Mund flattern. Er mochte Schmetterlinge mit Basilikum.

Wieder saß Herr Kues auf einem der Stühle in einem der Gänge der Klinik. An der Tür schräg hinter ihm stand: „Herr Ander, Psychologe". Herr Kues war nervös. Er konnte sich nicht genau erklären, warum er das war, aber er war es. Er war nervös und er wurde es mit jeder Minute des Wartens mehr. Der Mensch heute früh, der ihm die wunderbaren Entspannungsübungen gezeigt hatte, war auch ein Psychologe. Psychologen schienen also etwas zu sein, das er mochte. Warum also war er so nervös? Er konnte diesen Gedanken nicht weiter verfolgen, weil sich die Tür hinter ihm öffnete und er seinen Namen hörte:

„Herr Kues?"

Herr Kues erhob sich.

„Kommen Sie rein und nehmen Sie Platz!"

Herr Kues betrat den Raum. Es war ein schmaler, langer Raum. Hinten am Fenster stand ein Schreibtisch mit einem Stuhl dahinter. Das war der Schreibtisch des Herrn Ander. Der Herr Ander war genauso alt oder jung wie der Psychologe vom Morgen.

„Vielleicht sind alle Psychologen junge Männer", dachte Herr Kues. „Was aber machen sie, wenn sie nicht mehr jung sind?" fragte er sich. In seinem Amt gab es junge und alte Menschen. Manchmal gingen welche von den alten Menschen. Dann sagte man, daß sie in „Pension" sind. Was das genau war, wußte er nicht. Aber es mußte etwas Angenehmes sein, denn alle sagten immer:

„Der hat es gut, der geht in Pension!"

Für die alten kamen dann junge Menschen, die Auszubildende hießen. Früher kam für jeden, der ging, ein anderer. Heute war das nicht mehr so: Viele gingen und nur Wenige kamen. Personalabbau wurde das genannt.

„Bitte!" sagte Herr Ander und zeigte auf einen der beiden Stühle, die an einem kleinen Tisch an der rechten Wandseite gleich vor Herrn Kues standen. Er hatte diesen Tisch und die Stühle bisher noch nicht wahrgenommen. Herr Kues setzte sich auf den angewiesenen Platz. Herr Ander nahm ihm gegenüber Platz. Er hatte einen Stift in der einen Hand und einen Block in der anderen.

„Was kann ich für Sie tun?" sagte er und sah

Herrn Kues erwartungsvoll an.

Herr Kues verzog keine Miene.

„Der Herr Doktor hat mir hier etwas aufgeschrieben", sagte Herr Ander und schaute dabei auf die Unterlagen, die auf dem kleinen Tisch lagen. „Ich kann es aber leider nicht lesen!" Er lächelte: „Ärzte haben zu weilen eine recht eigene Handschrift, nicht wahr?"

Herr Kues verzog noch immer keine Miene.

„Was also führt Sie zu mir, Herr Kues?"

„Mein Plan."

„Ihr Plan?"

„Mein Therapieplan", bekräftigte Herr Kues seine Aussage, „es steht da drauf, hier!" Herr Kues zeigte ihm den entsprechenden Eintrag auf seinem Therapieplan.

„Sie sind ja witzig", sagte Herr Ander.

„Ich bin ein trauriger Mann", sagte Herr Kues.

Herr Ander stutzte und hob seine Augenbrauen: „Sie sind was?"

„Ich bin ein trauriger Mann", wiederholte Herr Kues.

„Wie kommen Sie darauf?" hakte Herr Ander nach.

„Ein Kind hat es gesagt."

„Warum hat das Kind das gesagt?"

„Ich weiß es nicht!"

„Hatte es einen Grund dafür?"

„Ich weiß es nicht."

„Ist es ihr Kind?"

„Ich habe keine Kinder!"

„Hat das Kind denn Recht? Sind Sie ein trauriger

Mann?"

Herr Kues zuckte mit den Schultern.

„Würden Sie sich selber denn als traurigen Mann bezeichnen?"

Herr Kues sah den Psychologen an: „Ich bin lustig", sagte er, ohne eine Miene zu verziehen.

In dem Gesicht von Herrn Ander spiegelte sich eine gewisse Ratlosigkeit wieder. Er war sich nicht ganz klar darüber ob Herr Kues das, was er sagte auch wirklich meinte oder, ob ihn dieser Patient einfach nur auf den Arm nehmen wollte.

„Sie sind also lustig", sagte er schließlich, „eben waren Sie aber noch ein trauriger Mann. Warum sind Sie das jetzt nicht mehr?"

Herr Kues sah den Menschen auf der anderen Seite des Tisches lange an. Dann sagte er: „Was ist ein trauriger Mann?"

Doktor Ander, Psychologe, runzelte die Stirn. Er sah Herrn Kues nun direkt in die Augen: Nein, dieser Mann trieb kein Spiel mit ihm, er meinte das was er sagte wirklich ernst.

„Ein trauriger Mann, ja…", Herr Ander runzelte erneut die Stirn, „das ist gar nicht so einfach zu erklären." Er lehnte sich zurück: „Traurigkeit ist etwas, daß man fühlt", begann er, „man ist hungrig, man ist traurig."

Herr Kues nickte: „Ich weiß, was hungrig ist – das ist, wenn man ißt."

Herr Ander überlegte kurz und beschloß dann, seinen Gegenüber nicht noch weiter zu verwirren: „Sagen wir für den Augenblick, daß es so ist. Und traurig ist man, wenn eine Sache nicht so ist, wie sie sein sollte."

„Wenn man sie nicht mag! Eine Sache ist traurig, wenn man sie nicht mag!" Herr Kues schien auf seine Art begeistert zu sein. „Menschen sind eine traurige Sache. Mobiltelefone und Tiere. Es gibt so viele traurige Sachen."

Herr Ander war sich nicht ganz sicher, ob er das wirklich gehört hatte, was er eben zu hören geglaubt hatte. Er überlegte einen Moment, dann fuhr er fort: „Herr Kues, wie soll ich es sagen…", Herr Ander zögerte und dachte erneut nach. Man sah, wie es hinter seiner Stirn fieberhaft arbeitete: „Waren Sie noch nie traurig, Herr Kues? Haben Sie noch nie geweint?"

Herr Kues erinnerte sich nicht, jemals traurig gewesen zu sein. Er erinnerte sich auch nicht, jemals geweint zu haben. Er schwieg.

„Traurig ist das Gegenteil von lustig", versuchte es Herr Ander anders.

„Ich bin auch lustig", sagte Herr Kues.

„Ja, jeder Mensch ist mal lustig und mal traurig. Wenn man lustig ist, dann lacht man. Nicht wahr, Herr Kues?"

Herr Kues überlegte, ob er schon einmal gelacht hatte. Er konnte sich nicht daran erinnern, jemals gelacht zu haben: „Ich lache nicht", sagte er.

„Sie müssen doch mal lachen!" Die Stimme von Herrn Ander drückte leichte Verzweiflung aus: „oder weinen?"

Herr Kues schwieg.

„Das gibt es doch nicht! Herr Kues, jeder Mensch lacht oder weint!" Herr Ander hatte seine

Fassung nun völlig verloren. Er lockerte seine Krawatte. So, wie es Herr Kues auch immer tat, wenn er sehr schwitzte.

„Ich nicht", sagte Herr Kues kurz.

„Ja, haben Sie denn überhaupt keine Gefühle?" Herr Ander rang um die Wiedergewinnung seiner äußeren Beherrschung.

„Gefühle? Was sind Gefühle und wozu hat man die?" Herr Kues sah Herrn Ander ohne jeglichen Ausdruck in seinem Gesicht an.

„Gefühle", versuchte es Herr Ander erneut, „Gefühle hat man, um etwas auszudrücken, um Gefühle – also, die hat man eben!" Herr Ander war aufgestanden und lief ziemlich orientierungslos im Raum hin und her. „Keine Gefühle, das gibt es doch nicht! Das kann es nicht geben!" Er sprach jetzt mehr mit sich selbst, als daß er sich an Herrn Kues richtete. Er setzte sich wieder und blätterte in seinen Papieren. Einen derartigen Fall hatte er in seiner ganzen bisherigen Laufbahn noch nicht gehabt. Da saß ein scheinbar ganz normaler Mann mittleren Alters vor ihm, der seit Jahrzehnten einen ganz normalen Beruf ausübte und dieser Mann wußte weder, was „traurig" noch was „lustig" bedeutete. Und Gefühle kannte er scheinbar auch nicht.

„Unsere Zeit ist um, Herr Kues", sagte er nach einer Weile, „wir werden uns bestimmt wiedersehen, ganz bestimmt. Dann reden wir weiter. Ja, bis dahin alles Gute und viel Erfolg bei ihren Anwendungen. Viel Erfolg. Ja, bis dann, bis zum nächsten Mal dann. Auf Wiedersehen und viel

Erfolg. Auf Wiedersehen, Herr Kues!"

Herr Kues erhob sich. „Auf Wiedersehen", sagte er und verließ den Raum.

Herr Kues kannte Schwimmbäder. In seiner Stadt gab es auch eins. Er hatte manchmal die Zeit damit verbracht von Außen durch die Scheiben hineinzusehen. Im Innern waren immer viele Menschen. Deshalb war er auch immer außerhalb geblieben. Die Menschen liefen in Badesachen umher, lagen auf Liegestühlen oder bewegten sich im Wasser hin und her. Dabei machten sie merkwürdige Verrenkungen mit ihren Armen und Beinen. Schwimmen nannte man das.

Er mußte jetzt auch ins Wasser. Das stand auf seinem Therapieplan. In seiner Stadt hatte er gesehen, daß die Menschen, die in das Schwimmbad gingen und die herauskamen, normale Kleidung trugen. Also trug auch er normale Kleidung, als er zum Schwimmbad ging. Die Patienten, die mit ihm auf dem Weg dorthin waren, verschwanden durch die Tür, auf der „Umkleideraum" stand. Es gab zwei solcher Türen. Auf der einen stand „Umkleideraum Frauen" und auf der anderen „Umkleideraum Männer". Herr Kues wählte letztere.

In dem Raum war alles feucht. Der Boden war gefliest und an den Wänden waren viele Haken unter denen an der Wand Holzbretter befestigt waren. Herr Kues setzte sich auf eines der Bretter und wartete, bis ein anderer Patient den Umkleideraum betreten hatte. Dann tat er all das, was dieser auch tat. So fand er sich am Ende in der Schwimmhalle wieder. Dort stieg er über eine seitlich angebrachte Leiter hinter dem anderen Patienten hinab in das Wasser. Es war ein Gefühl wie in seiner Badewanne. Nur war hier alles viel größer. Er mochte dieses Gefühl. Das Wasser war nicht sehr tief, so daß er gut stehen konnte. Er war nicht traurig.

Als Herr Kues an diesem Abend auf dem kleinen Balkon vor seinem Zimmer saß und wie immer die Stimmen der Raucher von unten hörte, war er trotzdem nicht traurig. Traurig war eines seiner neuen Lieblingswörter, seit er von dem Herrn Ander so viel darüber gelernt hatte.

Die Sonne wärmte das Gesicht von Herrn Kues, die Vögel zwitscherten und er hatte noch einen Apfel vom Frühstück, den er in seiner linken, seiner schwächeren Hand, hielt und hin und her bewegte. Er mochte Äpfel, er hatte sie schon immer gemocht. Auf der einen Seite war der Apfel grün, auf der anderen rot.

„Ob der Apfel weiß, daß er so aussieht?" fragte sich Herr Kues und dann fragte er sich, warum er sich das fragte. Er hatte sich noch nie derartige Fragen selber gestellt.

„Bist du traurig, weil du hier bist?" Er sah den Apfel an: „Bist du ein trauriger Apfel?"

Herr Kues lag lange wach. Zumindest glaubte er, wach zu liegen. Wirklichkeit und Traum gingen ineinander über. Mehrmals schreckte er in dieser

Nacht hoch und meinte, andere Menschen befänden sich in seinem Zimmer. Er suchte den Raum mit seinen Augen ab, versuchte die Dunkelheit mit ihnen zu durchdringen, er konnte niemanden entdecken. Er schaltete das Licht an, aber es war niemand dort. Er wagte es nicht, das Licht erneut auszuschalten. Die letzten Tage hatten ihn aufgewühlt. Sie hatten etwas in ihm durcheinander gewirbelt. Wenn er das Gefühl hätte definieren können, hätte er es „Angst" genannt. Angst vor dem, was mit ihm geschah und noch geschehen konnte. Aber noch konnte er dieses Gefühl nicht fassen. Er wußte nur, daß etwas sich veränderte. Er mochte keine Veränderungen. Er hatte sie nie gemocht. Er mochte es nicht, wenn etwas anders war, als es immer war.

Seine Taktik der wenigen Worte war am Anfang sehr erfolgreich gewesen für ihn. Sie hatte Schlimmeres verhindert. Im Umgang mit seinen Mitpatienten, er war erstaunt, daß er dieses Wort dachte, funktionierte sie noch immer. Auf der Ebene der Arztgespräche aber hatte sie versagt und bei Herrn Ander war er damit gänzlich gescheitert. Seine Lage war dadurch in seinen Augen nur noch schlimmer geworden. Er hatte eine Frage gestellt und dadurch waren viele neue Fragen entstanden, ohne, daß er auf die ursprüngliche Frage eine zufriedenstellende Antwort erhalten hatte. Er fragte sich, ob das mit Fragen immer so ist. Dann fragte er sich, ob er das wirklich wissen wollte. Sein bisheriges Leben war gut verlaufen. Er hatte es jedenfalls so empfunden.

Er hatte sich zufrieden gefühlt und es hatte ihm nichts gefehlt. Alles was er benötigte und schon immer benötigt hatte, hatte er gehabt. Dadurch, daß er darauf einging, was die anderen Menschen sagten und dadurch, daß er mit ihnen darüber sprach, hatte er begonnen, über das nachzudenken, was sie sagten. Er hatte wissen wollen, was ein trauriger Mann ist. Er wußte es noch immer nicht. Vorher war er ein unwissender, zufriedener Mann. Nun war er zwar ein noch immer nicht wissender, aber ein trauriger Mann. Er fragte sich, was besser war.

Abermals schreckte er hoch. Sein Herz schlug wie verrückt: Stand da nicht jemand in der Balkontür? Er fragte sich, wer das Licht gelöscht hatte und versuchte, die Dunkelheit mit seinen Blicken zu zerschneiden. Nichts, er konnte nichts entdecken. Da war niemand, er hatte sich getäuscht. Herr Kues drehte sich auf die andere Seite und zog die Bettdecke bis an die Ohren, wie er es immer getan hatte, wenn er nicht schlafen konnte.

Der kleine Helmut spielte auf dem schmalen Bürgersteig der kleinen Straße, an deren Seiten parkende Autos zwischen hohen, alten Platanen standen. Die Häuser in der Straße waren grau und mehrstöckig. Sie glichen den Nachkriegsbauten, wie es sie in jeder größeren deutschen Stadt gab. Es waren keine anderen Menschen zu sehen. Der kleine Helmut spielte alleine mit seinem roten Gummiball, den er immer wieder gegen die Hauswand warf, um ihn dann beim Zurückspringen aufzufangen. Er lachte. Das Spiel schien ihm große Freude zu bereiten. Er warf den Ball immer stärker gegen die Wand und schließlich prallte er in einem solchen Winkel zurück, daß der kleine Helmut ihn nicht mehr erreichen konnte. Der Ball kullerte zwischen zwei der parkenden Autos hindurch auf die Fahrbahn. Der kleine Helmut rannte seinem Ball hinterher, ohne die Augen von ihm zu lassen. Er hörte das Quietschen einer Bremse, sah nach links und erblickte den Kühler eines Lastwagens.

Ein Mann und eine Frau standen an dem Bett des kleinen Helmut. Es war nicht sein Bett. Die Frau weinte und sagte immer wieder:

„Helmut, mein Helmut!"

Der kleine Helmut sagte etwas, aber die beiden schienen ihn nicht zu verstehen. Er sprach lauter und am Ende schrie er sogar, aber es gab keine Reaktion von den Umstehenden. Der Mann mit dem weißen Kittel, den er bisher noch nicht bemerkt hatte, sagte zu dem Mann und der Frau:

„Es besteht wenig Hoffnung. Und selbst, wenn er es schafft, wird ein dauerhafter Schaden zurück bleiben."

Die Frau schluchzte noch lauter und der Mann drückte sie fest an sich.

Herr Kues schreckte hoch. Der Mann in dem

weißen Kittel und auch der Mann und die Frau waren verschwunden. Er war nicht mehr in dem Zimmer von eben. Er war wieder in seinem Zimmer in der Klinik. Wieder suchte er den Raum mit seinen Blicken ab und wieder konnte er nichts entdecken.

VI

Die Helligkeit des Morgens und das Geräusch der Dusche aus dem Nachbarzimmer weckten Herrn Kues. Langsam öffnete er die Augen: Er war in seinem Zimmer, Zimmer Nummer 205. Es war dieselbe weiße Decke wie an den anderen Tagen, auf die er schaute und es war derselbe Tisch, es war dieselbe Lampe, es war derselbe Fernseher. Ja, es schienen sogar dieselben Wolken zu sein, die draußen vorbeizogen. Aber das konnte nicht sein, das wußte sogar Herr Kues.

Beim Frühstück fiel Herrn Kues wieder auf, daß auf den meisten Plätzen schon Teller standen, die mit Brötchen und Brot und mit Käse, Wurst und Marmelade gefüllt waren. Das war etwas, um das er diese Menschen beneidete: Sie mußten sich nicht entscheiden. Aus diesem Grunde mochte er das Mittagessen am meisten von allen Mahlzeiten hier: Es gab immer ein bestimmtes Essen und das wurde einem an den Platz gebracht.

An seinem ersten Abend war er zum Buffet gegangen und hatte eine ganze Weile dort gestanden. Die anderen Patienten hatten sich wie langsame Ameisen an den beiden Seiten hin und her bewegt und ihre Teller mit den unterschiedlichsten Dingen gefüllt. Herr Kues hatte schließlich beschlossen, dem Herrn vor ihm zu folgen und all das zu tun, was dieser tat. So war er doch noch mit einem gut gefüllten Teller an seinen Platz zurück gekehrt. Die anderen Tage hatte er es genauso gemacht: Er folgte einfach der ihm am nächsten stehenden Person und tat, was diese tat. Wenn einmal niemand anders am Buffet war, wartete er einfach, bis jemand kam. Das funktionierte wunderbar.

Als er heute zum Buffet ging, nahm er einen Teller und ein Brötchen aus dem Korb daneben. Er tat es ganz automatisch, ohne darüber nachgedacht zu haben. Kaum hatte er das Brötchen auf dem Teller abgelegt, fragte er sich, warum er das getan hatte und warum er gerade dieses Brötchen genommen hatte und nicht ein anderes. Es mußte einen Grund dafür geben. Herr Kues schaute sich die Brötchen in dem Korb an. Da gab es ganz einfache helle und dann welche aus Vollkorn mit kleinen Körnern oben drauf. Ein solches hatte er gewählt. Nun, da er die beiden unterschiedlichen Brötchensorten nebeneinander sah, meinte er sich zu erinnern, daß er das mit den

Körnern mehr gemocht hatte.

„Ach so", sagte Herr Kues, „deshalb also!"

Nach dem Frühstück fühlte sich Herr Kues wunderbar. Er ging auf sein Zimmer, packte die Sachen für seinen nächsten Programmpunkt zusammen und begab sich ins Untergeschoß um dort auf seinen Trainer für die Einzelkrankengymnastik zu warten. Einige andere Patienten begegneten ihm und die meisten von ihnen wünschten ihm einen „Guten Morgen!" Sie lächelten dabei, obwohl der überwiegende Teil an Krücken vorbeihumpelte und große Schmerzen haben mußte. Warum lächelten diese Menschen? Sie waren krank, sie konnten nicht richtig gehen; sie hatten keinen Grund, zu lächeln!

„Guten Morgen!" antwortete Herr Kues und nickte dabei leicht mit seinem Kopf.

Im Untergeschoß nahm er wieder einmal auf einem Stuhl Platz und wartete. Andere Patienten warteten auch. Überhaupt schien Warten eine der Hauptbeschäftigungen von Patienten zu sein. Bei seinem Arzt in seiner Stadt hatte Herr Kues auch warten müssen. Die anderen Patienten sahen nicht so aus, als wenn es ihnen etwas ausmachte, zu warten. Herr Kues wartete nicht gerne. Zum Glück kam sein Trainer ziemlich bald.

Herr Kues folgte ihm in den Raum mit den Übungsgeräten. Es war nicht sehr voll dort. Das erleichterte Herrn Kues. Zuerst mußte er die Übung vom letzten Mal wiederholen.

„Sehr schön", sagte sein Trainer, „das machen

Sie schon sehr gut!"

Herr Kues wurde gelobt, was ihn sehr freute. Er staunte über seine eigene Reaktion: Im Amt bedeutete viel Lob Beförderung und Beförderung bedeutete Veränderung und Veränderung mochte Herr Kues nicht.

Auch in diesem Fall bedeutete das Lob in gewisser Weise Veränderung:

„Weil Sie das so gut gemacht haben, zeige ich Ihnen heute noch ein paar Übungen an anderen Geräten!" sagte sein Trainer und setzte seine Worte sofort in die Tat um: „Kommen Sie mit, hierhin."

Er blieb vor einem Apparat stehen, der so ähnlich aussah wie der, an dem Herr Kues gerade geübt hatte; nur hatte dieser statt einem zwei einzelne Griffe. Der Trainer stellte die Apparatur auf die Bedürfnisse von Herrn Kues ein und erklärte dann die Übung.

Herr Kues stellte sich vor das Gerät, genauso wie vor das andere und nahm in jede seiner Hände einen der Griffe. Dann zog er die Griffe zu sich heran, wobei er die Handflächen nach oben drehte. Auch an den Seilen dieses Gerätes befanden sich natürlich die obligatorischen Gewichte, die die ganze Sache ziemlich erschwerten.

Nach ein paar Minuten durfte Herr Kues aufhören und der Trainer notierte die wichtigsten Dinge zu der Übung und die Einstellungen am Gerät auf dem Übungszettel.

Dann kam das Fahrrad. Herr Kues wußte, was ein Fahrrad ist, auch wenn er nie ein eigenes besessen hatte, soweit er sich erinnern konnte. Dieses Rad war aber kein Rad, wie man es auf der Straße sehen konnte: Es war ein weißer Metallkasten mit Pedalen, Lenkstange und Sitz. In der Mitte der Lenkstange befand sich ein Displayfeld in dem die unterschiedlichsten Dinge angezeigt werden konnten: Die Geschwindigkeit, die man gerade fuhr, die zurückgelegte Distanz, die bisher gefahrene Zeit und sogar der Kalorienverbrauch war abzulesen. Das Rad hatte eine Einstellmöglichkeit für die Tretschwierigkeit, die man etwa mit den einzelnen Gängen bei normalen Rädern vergleichen konnte. Nach einer kurzen Einführung und ein paar Übungspedalumdrehungen, notierte der Trainer wieder alle seiner Meinung nach wesentlichen Dinge auf dem Übungszettel und forderte Herrn Kues auf, ihm zu folgen.

Der Rotator diente dem Training irgendwelcher Seitenteile von Herrn Kues. So ganz hatte er das nicht verstanden. Das Gerät bestand aus einem Sitz, der auf eine Drehscheibe montiert war. Die wiederum war auf einem ovalen Standfuß befestigt. Links und rechts von dem Sitz gab es Griffe für die Hände. Diese waren nicht drehbar. Herr Kues durfte sich setzen. Seine Füße mußte er auf die Drehscheibe stellen. Die Übung bestand nun darin, daß er den Sitz mit Hilfe der Hände immer von links nach rechts drehen mußte, wobei sein Oberkörper sich jeweils mit drehte, der untere Teil von ihm aber die Position nicht verändern durfte. Wieder führte Herr Kues die Übung einige

Male durch und wieder notierte sein Trainer die seiner Meinung nach wichtigen Dinge auf dem Übungszettel. Dann war Herr Kues für diesen Tag entlassen.

Mit der Zeit stellte Herr Kues immer mehr fest, daß ihm die Übungen eine gewisse Freude bereiteten. Es war alles festgelegt, er selber mußte keinerlei Entscheidungen treffen. Ihm blieb sogar genügend Zeit, um die anderen Patienten bei ihren Übungen zu beobachten. Dabei stellte er fest, daß jeder so mit sich selbst beschäftigt war, daß ihn das, was die anderen taten oder nicht taten überhaupt nicht interessierte. Hier wurde niemand beobachtet; mit der Ausnahme durch Herrn Kues. Weiterhin bemerkte er, daß der weitaus größte Teil der anderen Patienten nur sehr kurz im Übungsraum zugegen war. Es wurde ein Gerät ausgewählt, man stellte lange an den Gewichten und an den anderen Einstellungen herum, um dann eine Übung ein oder zweimal durchzuführen – anstelle der geforderten dreimal zwanzig Wiederholungen! Dann ging es zum nächsten Gerät und so weiter.

Als Herr Kues einmal auf einem der Fahrräder saß und seine 15 Minuten radelte, absolvierte der kurz nach ihm auf dem anderen Fahrrad gestartete Patient während dieser Zeit sechs weitere Geräte! Herr Kues dachte nach: Konnte es sein, daß die anderen Patienten andere Anweisungen von ihren Trainern hatten, was die Dauer des Verweilens an den einzelnen Geräten betraf? Immerhin wäre das möglich. Ein anderes Krankheitsbild könnte eine andere Übungsmenge bedeuten. Letztlich war es ihm egal, er mochte seine Übungen und das war für ihn das Wichtigste.

Nachdem er sein Pensum bewältigt hatte, fühlte er sich entspannt und erfrischt. Er konnte es kaum erwarten, das Ganze am nächsten Tag zu wiederholen.

Der Rest des Tages verging wie im Flug. Herr Kues genoß seine Anwendungen und bereute es jedes Mal, wenn eine beendet war. Herr Kues lächelte nicht wie die anderen. Aber die Lächler wirkten erschöpft und viele sagten Dinge wie:

„Jetzt bin ich aber fertig!"

„Mir tut alles weh!"

„Das heute ist wieder eine Quälerei gewesen!"

„Ich weiß nicht, wie ich das durchhalten soll!"
Aber sie lächelten. Herr Kues lächelte nicht, aber er war zufrieden.

„Lächelt man, wenn man unzufrieden ist?" fragte er sich.

Der Abend war noch angenehmer als der letzte. Herr Kues saß auf seinem Balkon und genoß die Wärme der späten Nachmittagssonne. Er mochte seinen Balkon und er mochte sein Zimmer.

Ein leichtes Frösteln durchlief den Körper von Herrn Kues: Die Sonne war verschwunden. Er mußte eingeschlafen sein. Herr Kues stand auf und zog sich in das Innere seiner neuen Wohnung zurück. Draußen auf dem Balkon hatte es ihm besser gefallen. Aber die ganze Nacht wollte er nicht dort verbringen. Man verbrachte seine Nächte in seinem Bett und nicht auf dem Balkon. Das wußte Herr Kues.

Ein junger Mann stand am Straßenrand und blickte auf das Ziffernblatt seiner Uhr. Er wirkte nervös. Der Kragen seines weißen Hemdes war leicht geöffnet und die hellblaue Krawatte gelockert. Das Hemd steckte in der nagelneuen Jeans.

„Noch fünf Minuten", sagte der junge Mann und trat den Zigarettenstummel mit seinen weißen Turnschuhen aus. Er hob den Blick und schaute die Straße hinunter. Jetzt sah man sein Gesicht. Herr Kues meinte, daß es Ähnlichkeit mit seinem hatte, nur wirkte es irgendwie jünger.

„Andrea!" rief der junge Mann und lächelte.

„Helmut!" rief eine junge Frau, die schnellen Schrittes auf ihn zueilte.

Sie trug einen roten, knielangen Faltenrock mit passendem Jäckchen und darunter eine weiße Bluse. Die oberen Knöpfe waren geöffnet und gaben einen Blick auf die Ansätze ihrer stattlichen Brüste frei.

Als sie Helmut erreicht hatte, streckte er ihr strahlend seinen rechten Arm entgegen.

„Schön, daß Du gekommen bist!" sagte er und nahm ihre Hand. Sie lächelte.

Für einen Augenblick schauten sich die beiden in die

Augen, dann blickten sie verschämt zur Seite.

„Der Film fängt erst in einer Stunde an." Helmut machte eine kurze Pause: „Hast Du Lust auf ein Eis, Andrea?"

„Klar!"

„Dann komm!" Er zog sie mit sich. „Ich kenne da eine kleine Eisdiele zwei Straßen weiter, da kann man auch draußen sitzen."

Helmuts Herz pochte wie wild. Er versuchte, seine Aufregung vor Andrea zu verstecken, in dem er über das Wetter, die Schule und alles andere redete, was ihm gerade einfiel. Endlich hatten sie die Eisdiele erreicht, die bei so einem herrlichen Sommerwetter sehr gut besucht war. Aber sie fanden noch zwei Plätze.

„Erdbeer-Kirsch", sagte Andrea, als die Kellnerin die Bestellung aufnehmen wollte.

„Vanille. Einfach nur Vanille."

„Wie langweilig!"

Helmut schluckte. „Wie langweilig" hatte Andrea gesagt. Womöglich hielt sie ihn jetzt für einen Langweiler. Das durfte er nicht zulassen:

„Im Moment kann ich nichts anderes essen", fügte er hinzu und faßte sich an die linke Wange, „mein Zahn mußte gezogen werden, verstehst Du, alles noch entzündet. Da ist Vanille eben am Besten!"

„Ach, Du Armer!" sagte Andrea und strich mit ihrer Hand über sein Gesicht.

Helmut durchfloß ein wohliges Gefühl und er errötete.

*Nachdem Helmut gezahlt hatte, schlenderten die
beiden langsam nebeneinander in Richtung Kino. Dort
löste er zwei Karten und sie nahmen in einer der hinteren
Reihen Platz. Es war ein großes und altes Kino. Die Sitze
waren mit rotem, samtartigem Stoff bespannt. Vor dem
Hauptfilm gab es die übliche Werbung: vor allem
Zigaretten, Spirituosen, Bier. Im Moment lief gerade ein
Spot über ein Erkältungsmittel. Ein Mann stand völlig
durchnäßt im Regen und es blitzte und donnerte.*

Der Raum war dunkel und wurde nur ab und an
kurz erhellt durch das Licht eines der Blitze, die
sich vor dem Fenster in regelmäßiger
Unregelmäßigkeit entluden. Auf jeden Blitz folgte
lauter Donner. Man hörte, wie der Regen vom
Wind gegen die Scheiben des Zimmers gedrückt
wurde. Herr Kues schloß seine Augen wieder und
drehte sich auf die andere Seite.

VII

Die Sonne hatte das Kueser Plateau den
ganzen Freitag gemieden. Das hatte Herrn Kues
nicht weiter gestört: Die Abarbeitung seines
Therapieplanes ließ ihm nicht viel Zeit für andere

Dinge. Allerdings hatte er auf sein abendliches Sonnenbad auf dem Balkon verzichten müssen. Das war etwas, daß er nicht gemocht hatte. Er war sehr früh in einen unruhigen Schlaf gefallen.

Jetzt war Sonnabend, der erste Sonnabend für Herrn Kues in der Klinik. Der Himmel war noch grauer als am Tag zuvor. Zu Hause hätte er den Tag nicht im Amt verbracht und auch den morgiger nicht. Hier war es ähnlich. Es gab keine Anwendungen. Am Sonnabend nicht und auch am Sonntag nicht. Zu den Mahlzeiten mußte man trotzdem anwesend sein. Es sei denn, man hatte sich vorher mit Hilfe eines dafür extra ausgearbeiteten Formulars von ihnen befreien lassen. Dies hatte Herr Kues nicht getan. Er hatte zu spät davon erfahren.

Es war der Tag, an dem Liz nach Hause fuhr. Nicht, daß es Herrn Kues etwas bedeutet hätte. Er kannte Liz fast gar nicht. Es war nur, daß sie am Tisch ihm gegenüber saß und er sich daran gewöhnt hatte. Er hatte sich an alle Gesichter in seiner Umgebung gewöhnt und er konnte sie zuordnen. Jetzt reiste Liz ab und das bedeutete, daß ein neues Gesicht mit einem neuen Namen auf der Tischseite ihm gegenüber erscheinen würde. Er mußte sich auch dieses neue Gesicht merken und den Namen dazu. Der Gedanke daran gefiel ihm nicht sonderlich. Immerhin beruhigte es ihn, daß sowohl sein direkter Nachbar als auch Frau Hannemann nicht vor ihm abreisten. Zumindest hier bestand keine Gefahr der Veränderung.

Als er am Tisch saß und sich alle wie üblich einen „Guten Morgen" und „Guten Appetit" gewünscht hatten, kam es Herrn Kues so vor, als wenn es schon immer so gewesen wäre.

Else, so hieß Frau Hannemann mit Vornamen, und Liz unterhielten sich wie immer lebhaft. Dieter sagte nur sehr wenig. Er sagte immer nur sehr wenig und er war meist derjenige, der zuletzt kam und zuerst ging. Else und Liz dagegen benahmen sich wie zwei alte Freundinnen, die sich schon ewig kannten. Dabei hatten sich die beiden erst in der Klinik kennengelernt. Herr Kues wußte das, weil er den Gesprächen um sich herum aufmerksam folgte, wenn er auch selten selber etwas sagte. Die beiden Frauen wollten sich bald mal treffen und oft telefonieren. Dann erhob sich Liz, weil sie noch ihre Koffer aus ihrem Zimmer holen mußte.

„Wir sehen uns doch gleich noch vorne?" fragte Else.

„Natürlich, ich muß nur noch das Zimmer leerräumen. Es ist schon gleich neun Uhr!"

Bis neun Uhr mußte man am Abreisetag sein Zimmer verlassen haben mit seinen Sachen, das hatte Herr Kues auf einem der Zettel gelesen, die er am Anreisetag erhalten hatte.

Liz verabschiedete sich von Dieter und den anderen Patienten an den umliegenden Tischen, die sie alle sehr gut zu kennen schien. Dann wandte sie sich an Herrn Kues:

„Helmut", begann sie, „ob du mir wohl kurz mit den Koffern helfen könntest?"

Herr Kues war völlig überrascht über diese an ihn gestellte Frage. Er sollte Liz mit den Koffern helfen!

„Warum sollte ich das tun?" dachte er, „ich habe meine eigenen Koffer. Jeder muß seine Koffer alleine tragen. War es nicht so?"

„Das wäre sehr nett, Helmut", hörte er wieder die Stimme von Liz.

„Ja", sagte er, noch ehe er über die Konsequenzen nachgedacht hatte.

Liz verließ den Speisesaal und Helmut folgte ihr. Ihre Zimmer lagen auf derselben Ebene aber am entgegengesetzten Ende. Die Koffer, die sich als Reisetaschen entpuppten, mußten von Herrn Kues nur auf ein kleines Wägelchen gestellt werden. Ein Wägelchen, wie es sie auf Bahnhöfen oder Flughäfen gab. Es war eine leichte Übung für Herrn Kues, die beiden Taschen auf das Wägelchen zu stellen und es anschließend bis zum Fahrstuhl zu schieben.

„Vielen Dank, Helmut", sagte Liz, „laß es dir gut gehen!" Sie streckte ihm die Hand entgegen und er tat das Gleiche ohne zu überlegen, was er da machte:

„Auf Wiedersehen", sagte er und irgendwie erinnerte ihn dieses Bild an etwas. Aber er konnte es nicht greifen. Liz verschwand mit ihrem Gepäck im Fahrstuhl und die Türen schlossen sich hinter ihr.

Am Abend dachte Herr Kues an den leeren Platz beim Mittagessen. In seinen Gedanken hatte er Liz dort sitzen gesehen und gehört, wie sie und Else miteinander gesprochen und dabei wie immer lauthals gelacht hatten. Dieses nervige Geplapper hatte er vermißt. Herr Kues überlegte, ob er es tat, weil es immer so war, kam aber zu dem Schluß, daß es etwas anderes sein mußte, da er sich entsann, daß es nicht immer so war.

Auch seine Träume beschäftigten ihn: Warum wurde er nachts von diesen Bildern bedrängt, zu denen er doch gar keinen Bezug hatte? Wer waren die Frau und der Mann mit dem kleinen Jungen und was hatte das mit ihm zu tun? Und die junge Frau mit dem jungen Mann, der seinen Namen trug: Was hatte es damit für eine Bewandtnis? Fragen über Fragen, die Herrn Kues quälten. Er fand keine Antworten darauf. Auch nicht auf das merkwürdige und seltsam vertraute Gefühl, als er Liz zum Abschied die Hand schüttelte.

Den Tag über hatte er sich dadurch abgelenkt, daß er immer wieder an seinen Geräten geübt hatte. Das tat ihm gut. Das machte seinen Kopf frei. Da unten war er allein mit sich und seinen Übungen. Er konzentrierte sich darauf, was sein Trainer gesagt hatte und versuchte, alles ganz genau umzusetzen. Immer wieder und immer wieder. Bis er völlig durchgeschwitzt und am Ende seiner Kräfte war. Abends hatte er keine Geräte und seine Gedanken ergriffen nach und nach wieder von ihm Besitz.

Seine Einschlafphase verlängerte sich mit jedem Tag und seine körperlichen Schmerzen vergrößerten sich mit jeder Nacht. Er überlegte, ob er dem Arzt davon berichten sollte. Aber, was sollte er ihm sagen? Daß er Träume hatte von Dingen, deren Inhalt nichts mit ihm zu tun hatten und deren Sinn er nicht verstand? Daß er am Morgen starke Schmerzen im Rücken hatte, die ihr den ganzen Tag über begleiteten, die aber nicht von den Übungen stammen konnten, weil er sich dort immer sehr wohl und entspannt fühlte? Herr Kues war ratlos und fiel über diese Ratlosigkeit in einen unruhigen, kurzen Schlaf.

Das Wochenende war sehr einsam. Viele der Patienten waren nach Hause gefahren oder hatten Besuch. Es gab keine Anwendungen und die überwiegende Zeit war der Übungsraum geschlossen.

Der Himmel weinte und der Wind klatschte die dicken Tropfen ununterbrochen gegen das Fenster.

Herr Kues hätte zufrieden sein können: Es war ruhig, er mußte keine Menschen sehen und er konnte einfach nur so da sitzen. Aber Herr Kues war nicht zufrieden. Er wußte nicht, daß er sich einsam fühlte. Er merkte nur, daß er seine Situation so, wie sie im Moment war, nicht mochte. Und er begriff nicht, warum das so war. Herr Kues dachte darüber nach, ob sich die anderen Patienten, die noch in der Klinik waren, genauso fühlten. Und er dachte darüber nach, ob sich diejenigen besser fühlten, die das Wochenende außerhalb, mit ihrer Familie oder mit Freunden verbrachten. Else hatte sehr zufrieden gewirkt, als sie erzählt hatte, daß ihr Mann sie für das Wochenende abholt. Dieter hatte es kaum erwarten können, daß seine Frau ihn besucht. Die Halle war gefüllt mit lachenden Menschen auf Krücken oder in Rollstühlen. Herr Kues kam zu dem Ergebnis, daß es etwas Schönes sein mußte, was sie taten. Er war gefangen in seinem Zimmer. Herr Kues beschloß, sich am nächsten Wochenende von einigen Mahlzeiten abzumelden und etwas zu unternehmen.

VIII

"Unser Gespräch in der letzten Woche hat mich sehr beschäftigt, Herr Kues", sagte Herr Ander, "so einen Fall wie Sie hatte ich bisher wirklich noch nicht!"

"Das freut mich."

Herr Ander sah Herrn Kues fragend an:

"Warum freut Sie das?"

Herr Kues schwieg.

"Was bedeutet das im Gegensatz dazu, daß es Sie nicht freut?"

Herr Kues schwieg.

"Wann freut Sie etwas? Was freut Sie?"

"Ich weiß nicht." Herr Kues begann zu schwitzen. Er fühlte sich und seine Gedanken in die Enge getrieben durch die vielen Fragen, die auf ihn einprasselten und deren Antworten er nicht wußte.

„Sie schwitzen, Herr Kues. Warum? Warum ist Ihnen jetzt warm?"

Herr Kues zitterte leicht.

„Fühlen Sie sich wohl? Ist Ihnen ihre Lage im Moment angenehm?"

„Ich mag es nicht!" brachte Herr Kues hervor und schwitzte noch mehr.

„Na, sehen Sie! Das ist doch was."

„Freut Sie das?"

Herr Ander wirkte überrascht. Er überlegte einen Augenblick und sagte dann:

„Ja, es freut mich. Es freut mich, weil ich Ihnen nur helfen kann, wenn ich weiß, was in Ihnen vorgeht." Er machte eine kurze Pause. „Haben Sie Gefühle?"

„Gefühle", murmelte Herr Kues. Er überlegte. Natürlich hatte er Gefühle. Er konnte nicht definieren, was Gefühle waren, aber jeder hatte Gefühle. Was sollte die Frage? „Es gibt Dinge, die ich mag und Dinge, die ich nicht mag."

„Haben Sie ein Hobby?"

„Ich habe eine Wohnung."

„Was machen Sie den ganzen Tag?"

„Ich arbeite."

„Nach der Arbeit, was machen Sie nach der Arbeit?"

„Ich gehe nach Hause."

„Und dann? Was machen Sie dann?"

„Dann bin ich zu Hause. Ich mag das."

Herr Ander begriff, daß er so nicht weiter kam.

Er mußte auf andere Weise versuchen, zu Herrn Kues vorzudringen. Ihm war nur noch nicht klar, wie ihm das gelingen sollte.

„Kommen wir noch einmal auf Ihre Eltern zurück. War Ihre Kindheit glücklich?"

Herr Kues hatte schon nach der letzten Sitzung bei Herrn Ander befürchtet, daß die Sprache wieder auf seine Eltern kommen würde.

„Ich erinnere mich nicht", sagte er.

„Herr Kues, so kommen wir nicht weiter. Wenn ich Ihnen helfen soll, müssen Sie mir vertrauen!"

„Ja", sagte Herr Kues um weiteren Problemen aus dem Weg zu gehen, „ja, sehr glücklich."

„Sehr gut, Herr Kues, öffnen Sie sich!" Herr Ander wirkte zufrieden.

Den Rest der Stunde stellte er Fragen zur glücklichen Kindheit von Herrn Kues und dieser erzählte alles, was sein Gegenüber hören wollte. Herr Kues staunte über sich selbst. Und er machte erneut die Erfahrung, daß es das Einfachste war, das zu erzählen, was gehört werden wollte. Das brachte die wenigsten Probleme. Als Herr Kues die Dinge so beschrieben hatte, wie sie seiner Erinnerung nach waren, wurde ihm das nicht geglaubt. Das war nicht richtig. Er mochte das nicht. Noch weniger mochte er aber die dauernden Fragen. Also gab er die richtigen Antworten und man ließ ihm seine Ruhe. Nun also hatte Herr Kues eine sehr glückliche Kindheit und Jugendzeit im Kreise seiner Eltern und Geschwister verbracht und die Stunde war zu Ende. Herr Kues war sehr verwundert, wie einfach es gewesen war, seine neue Geschichte zu erzählen. Und er war noch verwunderter darüber, daß Herr Ander sie ihm einfach so abgenommen hatte.

Herr Kues erwachte. Die Farbe des Raumes hatte sich verändert und er lag nicht mehr in seinem Bett, sondern am Boden. Langsam schaute er sich um: Die Wände waren dunkelblau und schienen irgendwie durchsichtig zu sein. An ihrem unteren Rand sah man Schatten, die von Pflanzen zu stammen schienen, was nicht möglich sein konnte. Es war sehr hell in dem Raum, obwohl er nirgends eine Lampe entdecken konnte.

Herr Kues blickte an sich herunter: Sein Körper war verhüllt von einer Art grünem Schlauch. Der Schlauch neben ihm war leer. Ein Geräusch wie von einem riesigen Reißverschluß ließ ihn zur Wand gegenüber schauen: Sie öffnete sich und das Gesicht einer jungen Frau erschien dort, wo die Wand verschwunden war.

„Na, Du Langschläfer!" sagte die junge Frau und schien ihn damit zu meinen, „komm, es ist ein herrlicher Tag! Laß uns vor dem Frühstück noch eine Runde schwimmen!"

Herr Kues überlegte noch, ob die junge Frau wirklich ihn meinte oder sich vielleicht in dem Zimmer geirrt hatte, als er seinen Vornamen hörte:

„Helmut! Hopp, hopp! Genug geschlafen! Wetten, daß ich schneller an der Insel bin als Du?" Damit verschwand

die junge Frau aus der Wand.

Helmut erhob sich. Bis auf seine Unterhose war sein Körper unbekleidet. Seltsamerweise verwunderte ihn das in keiner Weise. Er verließ sein Nachtlager und folgte der jungen Frau durch das Loch in der Wand.

Vor ihm lag ein etwa zehn Meter breiter Streifen feinen Sandes, der in einen See mit glasklarem Wasser überging. Es war ein großer See, der an den Ufern von hohen Tannen umgeben war. Die Sonne flimmerte auf der Wasseroberfläche und es sah aus, als tanzten Diamanten. Herr Kues hob die linke Hand an die Stirn um besser sehen zu können. Links neben ihm befand sich ein hölzerner Steg, der einige Meter in den See ragte. Am Ende des Steges sah er die junge Frau im Wasser. Sie winkte ihm zu.

„Du kriegst mich nie!" rief sie.

„Krieg´ ich doch!" sagte Herr Kues und lief den Steg entlang.

An seinem Ende stürzte er sich kopfüber ins Wasser. Es gab einen lauten, dumpfen Knall als er die Wasseroberfläche berührte.

Herr Kues war tief eingetaucht in den See und es dauerte eine ganze Weile, bis er die Oberfläche wieder erreicht hatte.

Aber als er den Kopf aus dem Wasser steckte, war da kein See mehr. Er sah die vertrauten weißen Wände seines Klinikzimmers. Herr Kues lag auf dem Teppich vor seinem Bett. Die Bettdecke hing halb auf den Boden hinunter und sein Kopf schmerzte. Er mußte im Fallen nach der Stehlampe gegriffen haben: sie lag neben ihm und schien seine Kopfschmerzen verursacht zu haben. Herr Kues betastete seine schmerzende Stirn, aber sie blutete nicht.

Es war eine schreckliche Nacht, eine anstrengende Nacht. Jede Nacht war schrecklich und jede anstrengend. Aber diese kam ihm noch schrecklicher und anstrengender vor. Wenn er zu schlafen glaubte, kamen Bilder, viele Bilder, an die meisten erinnerte er sich am Morgen kaum noch. Doch andere blieben in seinem Kopf. Es waren fremde Bilder, die ihm zugleich vertraut waren. Er wollte sie fassen, festhalten, aber es gelang ihm nur bruchstückhaft.

Der Psychologe stocherte in seiner Vergangenheit herum und fragte nach seinen Gefühlen. Was sollte das? Es brachte ihn nicht weiter, es beunruhigte ihn. Mit seinen Gefühlen war alles in Ordnung, wie damit immer alles in Ordnung gewesen war. Oder war es nicht so?

Herr Kues stand vor dem Spiegel. Er schaute hinein und lächelte. Dann war er böse und dann zufrieden. Herr Kues war überrascht: Welche Gefühle er auch ausdrückte, sein Gesichtsausdruck veränderte sich in keiner Weise. Er blieb immer gleich. Er lächelte gleich, er war gleich betrübt, er freute sich gleich, er trauerte gleich. Bei anderen Menschen war das nicht so, das hatte er gesehen. Herr Kues beschloß, besser darauf zu achten, was die anderen jeweils taten, wie sich deren Gesichter bei bestimmten Gefühlen veränderten.

IX

Es war ein sonniger Nachmittag. An diesem Tag waren die Anwendungen von Herrn Kues schon sehr früh beendet. Er hatte beschlossen, endlich dem Ort, der seinen Namen trug, einen Besuch abzustatten.

Der Weg hinunter durch die Weinberge war sehr schön. Wenige, sehr wenige Menschen begegneten Herrn Kues um diese Zeit und an diesem Ort. Er war den Schildern mit der Aufschrift „Panoramablick" gefolgt. Er wußte von Liz, daß man von dort die Mosel und den Ort Bernkastel-Kues sehen konnte. Und wirklich: Es bot sich einem ein Panoramablick, den jeder andere als „herrlich" bezeichnet hätte. Die Mosel schlängelte sich weit unten durch das Tal, gesäumt von den Weinbergen mit ihren unendlichen Reihen von Weinstöcken. Gegenüber auf der Spitze eines kleinen Hügels lag die Ruine der Burg Landshut. Auf den Resten ihrer Mauern sah man Menschen, die von hier aus die Größe von Stecknadelköpfen hatten. Eine sehr gute Größe, wie Herr Kues fand. Zu den Füßen der Ruine zog sich der Ortsteil Bernkastel an der Mosel entlang. Bernkastel war viel kleiner als das auf dieser Seite gelegene Kues, das den gleichen Namen trug wie er. Am Himmel befanden sich viele kleine und große Schäfchenwolken, die ab und an für einen Moment die Sonne verdeckten.

Herr Kues stieg eine lange Reihe von Stufen herab, eine sehr lange Reihe. Sie führten ihn mitten durch die Weinberge zu der Kirche von Kues. Es war eine ziemlich große Kirche für einen so kleinen Ort. Sie war weiß getüncht. Oberhalb der Kirche lag der Friedhof. Er zog sich in mehreren Ebenen den Hügel hinauf. Es war ein sehr großer und ein sehr merkwürdiger Friedhof. Herr Kues kannte Friedhöfe; aber die sahen anders aus. Auf ihnen waren die Gräber in langen Reihen angeordnet. Vor den Grabsteinen befanden sich kleine Gärten, die von den Angehörigen der dort Liegenden mehr oder weniger liebevoll gepflegt wurden. Dieser Friedhof war ganz anders: Die Grabsteine waren sehr groß und lagen auf dem Boden. Sie sahen eher aus, wie überdimensionale Gehwegplatten mit Inschriften. Um sie herum hatte man eine einzige Rasenfläche angelegt. Zwischen den einzelnen Reihen waren kleine Hecken gepflanzt. Zwischen dem Stein und der Hecke hinter ihm war eine etwa einen Meter breite Lücke. Dort standen meist Vasen, in denen sich Blumensträuße mit den unterschiedlichsten Blumen befanden: Tulpen, Nelken, Chrysanthemen und viele andere waren dort zu sehen. Herr Kues kannte ihre Namen nicht. Für ihn waren es einfach unterschiedlich geformte und gefärbte Blumen. Hinter einigen Bodenplatten standen auch kleine Töpfe mit Geranien oder Fuchsien. Alles wirkte sehr ordentlich und strukturiert. So einen Friedhof hatte Herr Kues noch nie gesehen, aber er war sicher, daß es einer war. Und, er mochte ihn.

Sein Weg führte ihn durch kleine, verlassen wirkende Gassen. Nur die Autos, die überall vor den Häusern standen zeigten ihm, daß es hier auch Menschen gab. Das änderte sich jedoch, je näher er dem Fluß kam.

Schließlich hatte er die große Uferstraße erreicht. Nachdem es ihm gelungen war, sie zu überqueren, was gar nicht so einfach war, trennte ihn nur noch ein breiter Parkplatz für Wohnmobile vom Fluß. Es gab hier sehr viele Wohnmobile. Die meisten von ihnen kamen aus Belgien oder den Niederlanden. Es war Hochsaison und die Mosel und ihre Umgebung waren ein beliebtes Ziel nicht nur bei den Deutschen, sondern auch bei den Urlaubern aus den angrenzenden Ländern. Belgien und die Niederlande gehörten dazu, das wußte Herr Kues. Langsam ging er den Rad- und Fußweg, der sich am Flußufer entlang schlängelte, in Richtung der großen Brücke. Diese verband die beiden Stadtteile. Das hatte Herr Kues in einem der Informationsblätter gelesen, die er bei seiner Ankunft in der Klinik erhalten hatte.

Die Zahl der Menschen hatte sich zu seinem Leidwesen noch mehr erhöht und sie wuchs immer weiter, je näher er jener Brücke kam. Im Sommer gab es hier immer sehr viele Touristen, das hatte er die Menschen in der Klinik sagen hören. Sie hatten die Wahrheit gesagt. Auf der Brücke schienen sich alle gleichzeitig versammelt zu haben. Auf beiden Seiten standen sie am Geländer und schauten und zeigten mit ihren Armen und Händen irgendwohin. Ständig klickten die Auslöser der vielen Fotoapparate. Die häufigsten Worte, die Herr Kues vernahm waren „Oh" und „Ah". Er beeilte sich, die Brücke zu überqueren. Er hoffte, daß die Bevölkerungsdichte auf der anderen Seite wieder abnehmen würde. Das erwies sich jedoch als ein sehr großer Irrtum.

Kaum war er über die große Straße auf der anderen Seite der Brücke gelangt und hatte Bernkastel betreten, wurde er mitgerissen von den dort hin- und her strömenden Touristenmassen. Er war gefangen in einem wogenden Meer von Menschen und es blieb ihm keine andere Wahl, als sich von ihnen durch den Ort tragen zu lassen. Daß er dies nicht als besonders angenehm empfand, verstand sich von selbst.

Links und rechts der kleinen Gäßchen standen alte, liebevoll restaurierte Fachwerkhäuser, in deren oberen Etagen sich oft Hotels oder Pensionen befanden. In den unteren Etagen waren Geschäfte, Cafés oder Restaurants untergebracht. Die Stühle, die es zu Hunderten vor den Häusern gab, waren gefüllt mit trinkenden und essenden Menschen, die sich eine Pause gönnten, bevor sie sich weiter durch den Ort tragen ließen. Herr Kues brauchte sich nicht zu stärken, er bekam seine Mahlzeiten in der Klinik.

Die Menschen schoben sich unaufhörlich an ihm vorbei und ihm entgegen. Herrn Kues fiel auf, daß es nicht so viele Krücken gab. Das wiederum empfand er als positiv: Die vielen Gehhilfen in der Klinik deprimierten ihn. Sie gaben ihm ein Gefühl der Hilflosigkeit.

Die Zahl der Menschen verringerte sich genauso plötzlich, wie sie angewachsen war. Herr Kues sah, daß es jetzt auch keine Restaurants und Geschäfte mehr in den Gebäuden an der Straße gab.

„Das also ist der Grund", dachte Herr Kues. Er kam zu dem Schluß: „Keine Geschäfte und Restaurants, keine Menschen!"

Herr Kues folgte der Straße, bis das letzte Haus des Ortes hinter ihm lag; dann machte er sich auf den Rückweg. Als er dem Zentrum schon wieder sehr nahe war und die Zahl der Menschen allmählich bedrohlich zunahm, sah er links der Hauptstraße einen Einschnitt zwischen den Häusern. Niemand schien sich dafür zu interessieren. Der Einschnitt sah aus wie ein kleiner Weg. Herr Kues lenkte seine Schritte in diese Richtung. Der kleine Weg war wirklich ein Weg, allerdings ein wirklich sehr kleiner Weg. Die Häuser standen keine zwei Meter voneinander entfernt zu beiden Seiten und mehrere brückenartige Übergänge verbanden sie untereinander. Langsam folgte Herr Kues dem Weg. Zwischen der Enge der alten Häuser fühlte er sich geborgen. Zu seiner Verwunderung gab es sogar das eine oder andere kleine Weinlokal in dieser verlassenen Ecke des Ortes. Aus einem der unteren Löcher in einem der alten Häuser vor Herrn Kues kam ein älterer Mann hervor. Ihm folgte ein zweiter, etwas jüngerer, der dem älteren auf die Schulter klopfte. Dieser lenkte seine Schritte in die Richtung, aus der Herr Kues sich näherte, während der andere im Türrahmen stehen blieb. Als er Herrn Kues entdeckte, der sich inzwischen bis auf wenige Meter genähert hatte, wies er mit seinem rechten Arm auf das Loch:

„Na, ein Gläschen Wein, der Herr?"

Herr Kues sah sich um. Der Weg hinter ihm war leer, bis auf den alten Mann, der sich langsam entfernte. Der jüngere Mann mußte ihn gemeint haben. Wie zur Bekräftigung dieser Annahme sagte er:

„Ja, ich meine Sie! Kommen Sie! Der beste Wein hier im Ort", er lächelte, „was sage ich: an der ganzen Mosel!"

„Nein, danke", sagte Herr Kues und wollte an dem Mann vorbei gehen.

„Warum lehnen Sie ab? Mögen Sie etwa keinen Wein?"

Herr Kues blieb stehen:

„Ich weiß es nicht", sagte er.

„Sie wissen es nicht?" Der Mann runzelte die Stirn: „Ein Grund mehr, es zu versuchen. Kommen Sie schon, es ist umsonst! Seien Sie mein Gast!"

„Ist das eine Einladung?" wollte Herr Kues wissen.

„Natürlich doch, also los, junger Mann!" Der Mann deutete wieder auf das Loch.

„Gut, ein Glas. Nur ein Glas", sagte Herr Kues. Er wußte, daß man Einladungen nicht ablehnte. Das war sehr unhöflich und Herr Kues war nicht unhöflich. Schon gar nicht hatte er einen Grund, gegenüber diesem freundlichen fremden Mann unhöflich zu sein.

Der Raum hinter dem Loch war nicht sehr groß. Er war vielleicht doppelt so groß wie sein Zimmer in der Klinik. Es war ziemlich dunkel und die Decke war so flach, daß Herr Kues leicht gebückt gehen mußte.

„Das war früher mal der Keller", sagte der Mann, „setzen Sie sich."

Herr Kues setzte sich auf den ihm am nächsten stehenden Stuhl. Sein Blick wanderte langsam vom Loch in der Wand durch den Keller.

„Das also ist eine Weinstube", dachte er. Er beschloß, daß er Weinstuben mochte: Es war dunkel und es waren keine Menschen dort – außer dem Wirt und ihm. Wenn er sich jedoch vorstellte, daß alle Plätze an den sechs kleinen Tischen besetzt waren mit Wein trinkenden Touristen, dann mochte er Weinstuben nicht mehr.

„Was darf ich Ihnen bringen?" hörte Herr Kues die Stimme des Wirtes.

„Ich weiß nicht", er zuckte mit den Schultern, „ich trinke keinen Alkohol."

Der Wirt zog die Augenbrauen hoch und seine Augen begannen zu leuchten: „Das ist kein Alkohol, das ist Wein, mein Herr. Das ist etwas ganz anderes!" Er zwinkerte Herrn Kues zu.

„Wein ist kein Alkohol?" In der Stimme von Herrn Kues lagen erhebliche Zweifel über die Wahrheit des soeben Gehörten.

„Nun, nicht im herkömmlichen Sinn. Nicht hier an der Mosel", sagte der Wirt mit einem leicht getrübten Blick. Dann erhellte sich sein Gesichtsausdruck wieder: „Das ist wie in Frankreich!"

Herr Kues war noch nicht überzeugt. Er wußte nicht, wie es in Frankreich ist. Trotzdem beschloß er, nicht weiter nachzufragen um seinen Gastgeber nicht unnötig zu verärgern.

„Dann bringe ich Ihnen mal eine kleine Auswahl", rief der Wirt und verschwand dabei hinter einem Vorhang, der ein weiteres Loch bedeckte.

Herr Kues war sich nicht sicher, ob er das Richtige getan hatte. Je länger der Wirt verschwunden blieb, je mehr war er davon überzeugt, die Weinstube so schnell wie möglich wieder verlassen zu müssen. Herr Kues erhob sich. Er hatte noch keine zwei Schritte Richtung Ausgang getan, als der Wirt wieder durch das Loch hinter dem Vorhang auftauchte. Er hielt zwei Gläser in der einen und drei Flaschen in der anderen Hand.

„Schauen Sie sich ruhig um", sagte der Wirt, „nur keine Scheu!"

Herr Kues war erleichtert, daß sein Verhalten auf diese Weise gedeutet wurde. Er begann, an den Wänden des Raumes entlang zu gehen, immer darauf bedacht, seinen Kopf von der Decke fernzuhalten. Es waren keine langen Wände. In unregelmäßigen Abständen hingen dort Bilderrahmen mit vergilbten Fotos, die wohl den Ort in früheren Zeiten zeigten. Als er seinen Tisch erreicht hatte, setzte er sich zu dem Wirt, der dort bereits Platz genommen hatte. Zwei gefüllte Gläser standen bereits auf dem Tisch.

„Na denn, Prost, mein Herr!" sagte der Wirt und nahm einen kräftigen Schluck aus seinem Glas.

Herr Kues nahm sein Glas und kippte fast den gesamten Inhalt seinen Rachen hinunter. Kaum hatte er das getan, verzog er das Gesicht zu einer Grimasse:

„Sauer!" sagte er, „sehr sauer."

Der Wirt mußte lachen:

„So doch nicht!" Er lachte wieder: „Stimmt, Sie trinken ja keinen Alkohol. Da haben Sie natürlich auch noch nie eine Weinprobe mitgemacht!"

„Habe ich nicht", sagte Herr Kues, der nicht verstand, was er falsch gemacht hatte. Er hatte doch nur das getan, was sein Gegenüber auch getan hatte.

„Ich werde Ihnen das mal erklären", sagte der Wirt und leerte sein Glas mit dem zweiten Schluck. „Das Ganze geht folgendermaßen vor sich…" Er füllte sein Glas erneut und begann, Herrn Kues in die tieferen Geheimnisse des Verkostens von Moselweinen einzuführen. Am Ende erwähnte er noch beiläufig, daß man auch alle anderen Weine mit dieser, natürlich an der Mosel entwickelten, Methode einem Geschmackstest unterziehen könnte.

Herr Kues hatte interessiert zugehört.

„Na, nun versuchen Sie es noch einmal!"
forderte der Wirt ihn auf.

Herr Kues nahm sein Glas in die rechte Hand,
hob es auf Augenhöhe und betrachtete die Farbe
des Weines. Er senkte das Glas und schwenkte
es. Der Wein in seinem Innern rotierte. Herr Kues
führte das Glas unter seine Nase und sog den
Geruch des Weines tief in sich hinein. Es war kein
Geruch, nein, ein lieblicher Duft, der ihn an
blühende Sommerwiesen und reifes Obst
erinnerte. Wie man den Geruch des Weines richtig
bezeichnete, hatte er schon wieder vergessen. Er
beschloß, daß es „Duft" auch tat. Herr Kues führte
das Glas an seine Lippen und nahm einen kleinen
Schluck, den er langsam durch das Innere seines
Mundraumes fließen ließ.

„Ja, das ist etwas ganz anderes", dachte er.

„Na, und?" fragte der Wirt.

„Ich mag diesen Geschmack", sagte Herr Kues.

„Na, wußte ich es doch!" Der Wirt klatschte mit
der flachen Hand auf seinen Oberschenkel: „Dann
versuchen Sie mal erst den!"

Herr Kues tat, was man von ihm verlangte und
er tat es nicht ungerne.

Herr Kues wußte nicht, wie viel Zeit vergangen
war. Vor ihm auf dem Tisch stand eine stattliche
Anzahl von Weinflaschen und selbst, wenn man
die abzog, die nur er sah, blieben noch genügend
übrig. Seine Zunge war schwer und sein Gesicht

gerötet.

„Ich muß jetzt gehen", wollte er sagen, aber über seine Lippen kamen nur mehr oder weniger unverständliche Laute. Erstaunlicherweise schien der Wirt ihn verstanden zu haben:

„Einen habe ich noch, einen ganz besonderen. Zum Abschluß. Als Höhepunkt sozusagen. Warten Sie, ich bin gleich wieder da!"

Damit verschwand er hinter dem Vorhang und ließ Herrn Kues allein zurück. Herr Kues wollte sich erheben, aber seine Füße trugen ihn nicht; er sackte wie ein Sack zurück auf seinen Stuhl.

„Na gut", dachte er, „auf den einen kommt es auch nicht mehr an!"

„Hier, das ist er!" Die Augen des Wirtes strahlten förmlich: „Nur für ganz besondere Gäste!"

Herr Kues registrierte, daß er ein ganz besonderer Gast war und fragte sich, ob das wirklich so war oder ob der Wirt das jedem seiner Gäste am Ende erzählte, um mehr zu verkaufen. Der Wirt wußte noch nicht, daß er, Herr Kues, keinen Wein kaufen würde. In der Klinik durfte man keinerlei Alkohol besitzen.

„Trinken Sie! Trinken Sie!" Der Wirt schob ihm das gut gefüllte Glas hin. Schon die Farbe beeindruckte Herrn Kues: Es war ein tiefes Goldgelb, das ihm aus dem Glas entgegen schimmerte. Der Duft erreichte seine Nase schon, bevor er das Glas angehoben hatte. Doch der Geschmack übertraf alles; das konnte er selbst in seinem Zustand noch wahrnehmen.

„Ich wußte es!" Der Wirt schien hellauf

begeistert, „da müssen selbst Sie lächeln!"

Herr Kues hielt inne:

„Lächeln? Hatte der Wirt Lächeln gesagt?" fragte er sich und versuchte durch die Nebelschwaden in seinem Kopf einen klaren Gedanken zu entdecken: „Er, Herr Kues, hatte gelächelt?" Wenn der Alkohol seine Denkfähigkeit nicht so stark herabgesetzt hätte, hätte er seine Überlegungen dazu angestellt. So registrierte er die Bemerkung und legte sie erst einmal an irgendeiner Stelle ab, wo er sie später vielleicht wiederfinden würde.

„Gehen", brachte er hervor, nachdem er das Glas geleert hatte, „kein Alkohol... schade... Klinik!"

Der Wirt schien ihn auch dieses Mal zu verstehen. Er wirkte in keiner Weise verärgert darüber, daß er so viel Zeit und Wein vergeudet hatte, ohne auch nur eine einzige Flasche zu verkaufen.

„Wissen Sie", sagte er, „in diese Straße verirren sich tagsüber nur sehr wenige Touristen und es war mir eine große Freude, mit Ihnen ein paar Gläser Wein zu trinken. Ich gebe Ihnen meine Karte mit. Wenn Sie abreisen und vielleicht doch noch – Sie wissen, wo Sie mich finden!"

Dann half er Herrn Kues auf die Beine und begleitete ihn hinaus.

Herr Kues saß auf einer Bank am Rand eines Waldweges oberhalb der Stadt. Er konnte sich nicht erinnern, wie er dorthin gekommen war. Woran er sich erinnerte war, daß er Wein getrunken und gelächelt hatte. Er versuchte, erneut zu lächeln, aber er wußte nicht, ob es ihm gelungen war, weil er nicht wußte, was genau er dazu tun mußte. Er beschloß, das in seinem Zimmer mit Hilfe eines Spiegels zu untersuchen und außerdem die Menschen um ihn herum beim Abendessen noch genauer zu beobachten um zu sehen, wie sie lächelten.

„Das Abendessen!" dachte Herr Kues. Er hatte sich zwar vom Mittagessen, nicht jedoch vom Abendessen abgemeldet. Wenn er nicht rechtzeitig dazu erschien, würde man erst in seinem Zimmer nach ihm sehen und ihn anschließend suchen, wenn man ihn dort nicht vorfände. Herr Kues hatte keine Ahnung, wie spät es war. Die Sonne stand noch relativ hoch am Himmel, aber das bedeutete nicht allzu viel; es war Sommer.

Herr Kues erhob sich und stellte fest, daß alles um ihn herum leicht schwankte. Im Innern seines Kopfes schien sich irgendetwas pausenlos zu drehen. Dennoch gelang es ihm, die Klinik ohne weiteren Schaden zu erleiden zu erreichen.

Die anderen Patienten waren schon – oder besser: noch, im Speisesaal. Herr Kues begab sich an seinen Platz und wünschte einen

„Guten Abend!"

Die anderen lächelten. Herr Kues starrte in ihre Gesichter und versuchte, sich alles zu merken.

„Ist etwas, Helmut?" sagte Else, „du schaust so merkwürdig!"

„Nein", beeilte sich Herr Kues zu sagen, „alles in

Ordnung."

„Dann ist ja gut!" Else lächelte und setzte ihre Unterhaltung mit der Dame vom Nachbartisch fort.

X

Die Nacht war fürchterlich. Nachdem Herr Kues endlich in einen unruhigen Schlaf gefallen war, wurde er durch Donnerschläge und helles Flackern immer wieder in den Bemühungen seines Körpers, Ruhe zu finden, gestört.

Das Gewitter dauerte bis zum frühen Morgen und die Regentropfen prasselten noch immer gegen die Scheiben, als er aufstehen mußte.

So fürchterlich die Nacht war, so angenehm war sie, wenn Herr Kues daran dachte, was ihn heute am Nachmittag erwartete: „Wandergruppe" stand auf dem Therapieplan. Herr Kues wanderte zu Hause jedes Wochenende, aber er wanderte nur mit sich selbst und er kannte seine Wege. Es waren Wege auf denen um die Zeit, zu der er sie benutzte, nur sehr wenige Menschen unterwegs waren. Hier kannte er weder die Wege, noch wußte er, wie groß seine Wandergruppe sein würde. Schon das Wort „Gruppe" machte ihm Angst und ließ nichts Gutes vermuten.

Herr Kues hoffte auf das Wetter der Nacht: Wenn es sich den Tag über halten konnte, dann würde seine Wandergruppe bestimmt nicht stattfinden.

Gestärkt durch den Gedanken an diese mögliche Wendung und durch das Frühstück, begann er mit der Abarbeitung seines Tagesplanes.

Schon um die Zeit des Mittagessens war seine Hoffnung auf einen wanderfreien Nachmittag fast gänzlich entschwunden: Die Sonne lachte vom nahezu blauen Himmel und die Temperaturen entsprachen durchaus der Jahreszeit. Nichts deutete darauf hin, daß sich dies in den nächsten Stunden änderte.

Und das tat es auch nicht. Im Gegenteil: Als Herr Kues sich am Treffpunkt vor dem Klinikeingang einfand, waren auch die letzten Wölkchen verschwunden.

Herr Kues trug eine lange Jogginghose, ein Hemd und darüber noch die passende Jacke zu der Hose. Er war der Einzige der Anwesenden, der ein Hemd zu einer derartigen Hose trug. Aber das störte ihn nicht. Für die Übungen innerhalb der Klinik besaß Herr Kues spezielle Turnhemden, derart, wie man sie vor vielen Jahren in den Schulen getragen hatte. Es hatte ihn viel Zeit gekostet, sie in seiner Stadt zu erwerben. Niemand außer ihm trug noch derartige Hemden. Am Ende hatte er doch noch einen kleinen Laden in einer Seitenstraße der großen Einkaufsstraße gefunden, wo man seine speziellen Wünsche erfüllen konnte.

„Ich glaube, ich habe da noch einige hinten im

Lager", hatte die alte Dame gesagt, „mein Sohn hat solche Hemden getragen, früher. Warten Sie, ich werde mal sehen, ob sie noch da sind." Als sie nach einer ganzen Weile zurückkam, hatte sie einen Karton unter dem Arm, in dem sich wirklich die Hemden befanden.

Vor der Klinik standen wie immer eine ganze Reihe von Patienten, so daß es für Herrn Kues unmöglich war, herauszufinden, wer zu der Wandergruppe gehörte und wer nicht. Etwa die Hälfte der Anwesenden schieden von vornherein aus, da sie mit ihren Gehhilfen gerade einmal in der Lage waren, bis zum Fahrstuhl zu gelangen. Sie konnten wohl kaum an einer längeren Wanderung teilnehmen. Trotzdem blieben für Herrn Kues Empfinden noch viel zu viele mögliche Mitwanderer übrig. Herr Kues wanderte vor dem Klinikeingang hin und her.

Die Gruppe bestand aus etwa fünfzehn Personen. Der Herr über die Wandergruppe war in einem schon recht fortgeschrittenen Alter.

„Früher habe ich mal in der Klinik gearbeitet, jetzt bin ich im Ruhestand und mache das hier, weil es mir einfach Spaß macht", hatte er gesagt, als er die Gruppe begrüßt hatte.

Herr Kues atmete auf:

„Was kann das schon für eine Wanderung werden", hatte er gedacht, „so alte Menschen wandern nicht so lange." Das wußte er. Bis zum Abendessen hätte er noch genug Zeit, um an seine geliebten Geräte zu gehen.

Zuerst zog man in einer mehr oder weniger geschlossenen Reihe an den anderen Kliniken und dem Ziegengehege im Kurpark vorbei. Dabei bemühte sich der ältere Herr, allen einen Eindruck von der Vielfältigkeit der Rehabilitationsmöglichkeiten an diesem Ort und deren Qualität zu vermitteln. Nicht, ohne immer wieder auf die Schönheit und Größe der Kuranlagen zu verweisen und deren herrliche Lage oberhalb der Mosel, inmitten von Wäldern und Weinbergen, hervorzuheben. Auch den Zeitpunkt der Errichtung der einzelnen Kliniken erfuhr Herr Kues. Als sie die nahegelegene Reihenhaussiedlung passierten, gab es natürlich auch dazu die entsprechenden Fakten. Herr Kues hörte sich alles an und tat es den anderen gleich: Ab und an nickte er mit dem Kopf und sagte so etwas wie „ach so?", „wirklich?" oder „das ist ja interessant!" Er sagte es, weil die anderen es sagten. In Wirklichkeit interessierte es ihn überhaupt nicht. Er hätte die Zeit viel lieber im Übungsraum verbracht, das war für ihn interessant. Die Kliniken und alles andere waren da und mehr mußte er darüber nicht wissen.

Der ältere Herr führte die Gruppe in den Wald, durch Felder und Wiesen und an den Weinbergen entlang. Er wurde nicht müde, die einzelnen Pflanzen zu benennen und ihre Anwendung in der Medizin oder anderen Bereichen zu erläutern. Sämtliche Feldfrüchte, Beeren und auch alles andere, was man essen oder nicht essen konnte, schien er zu kennen. Nicht nur die unterschiedlichsten Vögel wußte er bei ihren deutschen und lateinischen Namen zu nennen, nein, alles was flatterte, krabbelte oder sich auf andere Art und Weise fortbewegte entging nicht seinem wachsamen Auge.

Namen über Namen prasselten auf die Teilnehmer der Wanderung ein. Herr Kues ließ alles über sich ergehen. Er wußte, daß sie zur Essenszeit wieder an der Klinik sein würden und nichts von dem, was er in den letzten Stunden gehört hatte für ihn von bleibender Bedeutung sein würde. Er hörte es, er verstand es und das war es. Ihm war es gleichgültig, daß der dunkle Schmetterling Pfauenauge hieß und der gelbe Zitronenfalter. Für ihn waren es Schmetterlinge: dunkle oder eben gelbe. Bei den Blumen verhielt es sich genauso: es gab rote, weiße oder blaue. Mehr war nicht wichtig. Eigentlich war schon das zu viel. Wenn es nach Herrn Kues gegangen wäre, hätte auch einfach „Blume" als Kennzeichnung ausgereicht. Wer brauchte denn schon Blumen und mehr noch: wer mußte sie unterscheiden können! Käfer waren schwarz oder rot oder gestreift oder gepunktet. Und die Bäume besaßen Nadeln oder Blätter. Vögel waren groß oder klein. Herr Kues war es unbegreiflich, warum sich jemand die Mühe gemacht hatte, all diese Dinge mit so unterschiedlichen und komplizierten Bezeichnungen zu belegen.

Noch unbegreiflicher war es ihm, mit welchem Enthusiasmus dieser ältere Herr von den Dingen sprach und wie er sich all die Namen hatte merken können. Gewiß, Herr Kues wußte, was eine Brombeere oder was eine Himbeere war. Auch Kirschen waren ihm bekannt. Es gab diese Dinge zu kaufen, das wußte er. Warum also sollte er sie von irgendwelchen Büschen oder Bäumen reißen?

Die anderen in der Gruppe schienen den Ausführungen sehr aufmerksam zu folgen. Herr Kues nahm alles war. Er konnte sehr gut beobachten. Und er beobachtete, daß die lächelnden und nickenden Jasager in Wirklichkeit ganz anders dachten. Er hörte die Bemerkungen, die sie untereinander austauschten:

„Was der für einen Müll erzählt, wen interessiert denn das!" oder: „Bin ich zufrieden, wenn das vorbei ist!"

Die Wenigsten interessierte wirklich, was der ältere Herr erzählte. Sie waren hier, weil sie hier sein mußten. So wie er. Der ältere Herr tat Herrn Kues leid. Er fragte sich, woran man merkte, ob jemand wirklich lächelte oder ob er nur so tat. Herr Kues lächelte nicht. Jedenfalls konnte er sich nicht erinnern, es vor seinem Aufenthalt in der Klinik getan zu haben. Herr Kues erschrak: Er hatte gelächelt, das wurde ihm in diesem Moment wieder bewußt. Aber, was war es für ein Lächeln?

Es regnete in Strömen.

„Geh´ noch nicht!“

„Ich muß, es ist schon spät.“

„Bleib´ doch!“

„Es geht nicht, das weißt du genau!“ Die junge Frau erhob sich langsam.

„Maria, bitte!“

„Helmut!“ Sie entzog sich seiner Umarmung, „meine Eltern…“

„Immer Deine Eltern! Wie lange soll das noch so weitergehen?“ Helmuts Stimme wurde lauter, „Du bist doch kein kleines Kind mehr!“

Maria drehte Helmut den Rücken zu und griff nach ihrem Pulli, der über der Lehne des Schreibtischstuhles lag. Sie ging langsam auf die Tür zu. Helmut packte sie am Arm.

„Laß´ das, Helmut! Das tut weh!“ Sie versuchte, sich loszureißen, aber es gelang ihr nicht.

„Ich liebe Dich, Maria!“ sagte Helmut, ohne den Griff zu lockern.

„Dann laß´ mich los!“

Er lockerte den Griff und sie öffnete die Zimmertür:

„Bis später", sagte sie und ließ die Tür ins Schloß fallen, ohne sich noch einmal umzuschauen.

Herr Kues haßte seine Träume. Er wußte nicht, was sie bedeuteten. Er wußte nicht, warum er sie träumte. Die Männer in seinen Träumen hießen immer Helmut, so weit er es noch wußte. Die Frauen dagegen hatten verschiedene Namen, sahen aber immer gleich aus. Herr Kues überlegte, was das zu bedeuten hatte. Er hatte nie Frauen gekannt, so weit er sich erinnerte.

Das zweite Wochenende begann wie das erste: Herr Kues saß in seinem Zimmer. Vor dem Fenster wechselten Regen und Sonne in kurzen Abständen. Herr Kues hätte zufrieden sein müssen, denn er war allein. Er war der einzige Mensch in seiner Umgebung und auch von der Raucherecke waren fast keine Geräusche zu hören, da die Mehrzahl der Klinikinsassen wieder Besuch hatten oder es vorgezogen hatten, zu ihren Familien zu fahren.

Aber Herr Kues war nicht zufrieden. Eine Art innere Unruhe, die er sich nicht erklären konnte, hatte von ihm Besitz ergriffen. Vor ihm lagen zwei Tage ohne die lästigen Anwendungen, die er mit den anderen Patienten zusammen abarbeiten mußte. Die Trainingsgeräte hingegen waren, wenn auch verkürzt, auch am Wochenende zugänglich. Dort konnte er dann relativ ungestört für sich allein üben. Trotzdem war er nicht zufrieden mit seiner

Situation.

Das letzte Gespräch mit seinem Psychologen hatte ihm auch keine neuen Erkenntnisse gebracht. Er sollte sich erinnern: wieder an seine Jugend, wieder an seine Kindheit. Er konnte das genauso wenig, wie das Mal davor. Also nutzte er erneut seine Erinnerungen an die Berichte anderer, um sein Gegenüber zumindest für den Augenblick zufrieden zu stellen.

„Sehen Sie, Herr Kues", sagte Herr Ander dann immer, „wenn man nur will, dann geht es doch!"

„Ja", dachte Herr Kues, „wenn man nur will, dann geht es!" Dabei mußte er immer lächeln. Er wußte das, weil Herr Ander ihm das jedes Mal sagte:

„Schön, daß Sie lächeln, Herr Kues, das ist ein gutes Zeichen!"

Herr Kues konnte inzwischen sehr gut lächeln. Er hatte viel Zeit gehabt, es vor dem Spiegel in seinem Zimmer zu üben. Er konnte jetzt jederzeit lächeln.

„Wenn du wüßtest!" dachte Herr Kues und lächelte weiter.

Herr Kues drohte zu ersticken. Es war, als wenn ihm die Luft wegblieb. Er mußte raus aus seinem Zimmer, das ihm plötzlich wie ein Gefängnis erschien. Er stürzte zur Tür, riß sie mit einem gewaltigen Schwung auf und stürmte hinaus. Erst als er am Ende des Ganges war, erinnerte er sich an die noch immer offenstehende Tür. Er eilte zurück, um sie zu verschließen und da bemerkte er das Fehlen des dazu nötigen Schlüssels. Er holte tief Luft und war mit drei riesigen Schritten an dem kleinen Tischchen, griff den Schlüssel und war schon wieder auf dem Gang, den er in wenigen Sekunden durch die Tür zum Treppenhaus wieder verlassen hatte. Dort ging es ihm schon etwas besser. Er hastete die 38 Stufen nach unten und stieß die Tür in die Freiheit auf.

Es war ein unbeschreibliches Gefühl. Seine Lungen füllten sich tief mit der frischen Luft und er wiederholte das Ein- und Ausatmen mehrere Male, ehe er sich langsam in Bewegung setzte. Die Raucherecke lag verlassen da. Der Himmel verhieß nichts Gutes, aber darauf achtete Herr Kues nicht. Er setzte Fuß vor Fuß und entfernte sich schnell von der Klinik. Wohin er wollte, wußte er nicht. Sein Blick war starr geradeaus gerichtet und er ging wie in Trance. Seine Gedanken kreisten um seine Vergangenheit, um das, was immer so war und um die vielen lächelnden Menschen, die gar nicht lächelten.

Der Raum war in ein dunkles Licht getaucht. Herr Kues wußte nicht, wie er dorthin gekommen war. Er sah sich um und erkannte ihn wieder: Es war das kleine Weinlokal in dem er vor einigen Tagen gesessen hatte. Er fragte sich, was ihn bewogen hatte, gerade hierher zu gehen. Herr Kues wollte sich umdrehen und den Raum wieder verlassen, als er eine bekannte Stimme hörte:

„Ach, Sie sind´s!" Der Wirt war hinter dem Vorhang, der das Loch in der Wand bedeckte, hervor gekommen und strahlte ihn an. „Setzen Sie sich. Hier!" sagte er und zeigte auf den Platz, an dem sie das erste Mal gesessen hatten.

„Nein, ich wollte…" begann Herr Kues, hielt dann aber inne und fragte sich, was er eigentlich wollte. Er fand keine Antwort darauf. Also beschloß er, der Aufforderung des Wirtes Folge zu leisten und sich zu setzen. „Danke", sagte er, „vielen Dank!"

„Keine Ursache. Ein Viertel von dem Süßen?"

Herr Kues schaute den Wirt wortlos an.

„Ihr Gesicht sagt mir, daß ich das Richtige getroffen habe! Bin sofort zurück." Er verschwand hinter dem Vorhang, um kurz darauf mit der Flasche und den obligatorischen zwei Gläsern zurück zu kehren.

Alles lief genauso ab, wie beim letzten Mal, stellte Herr Kues verwundert fest.

„Weil es immer so war", dachte Herr Kues und sein Körper entspannte sich. „Kommen denn nie andere Menschen hierher?" fragte er und wunderte sich über seine Frage.

„Nicht um diese Zeit, später."

„Das ist gut", sagte Herr Kues obwohl er es nur denken wollte.

„Gut?" der Wirt sah ihn fragend an.

„Ich mag Menschen nicht besonders", sagte Herr Kues, obwohl er auch das eigentlich nur hatte denken wollen.

„Ich muß die Menschen mögen, ich bin Wirt", sagte der Wirt, „aber ich kann Sie gut verstehen, glaube ich. Manchmal fällt es auch mir schwer, sie zu mögen."

Die beiden saßen sich schweigend gegenüber und tranken ihren Wein. Herr Kues wußte nicht, wie lange er so gesessen hatte.

„Ich muß los", sagte er schließlich bedauernd, „was bin ich schuldig?"

Der Wirt winkte ab:

„Sie werden es vielleicht nicht verstehen, aber Ihre Gesellschaft ist Bezahlung genug für mich. Wenn Sie sich erkenntlich zeigen wollen, kommen Sie wieder."

„Das will ich gerne tun", sagte Herr Kues und verließ das Weinlokal.

Beim Einschlafen dachte Herr Kues darüber nach, weshalb er die Sicherheit seines Zimmers so plötzlich verlassen hatte. Hier war er unangreifbar, unverletzbar und für sich alleine. Trotzdem hatte er das Gefühl gehabt, daß die Mauern auf ihn zukamen und der Raum immer kleiner wurde. Er schien ihm die Luft zum Atmen zu nehmen. In seiner Wohnung fühlte er sich frei. Das hier war jetzt im Augenblick seine Wohnung und die erste Zeit hatte er sich auch frei gefühlt.

Über diese Gedanken fiel er in einen unruhigen Schlaf und er träumte einen seiner sehr seltsamen Träume.

Diesmal sah er sich selbst. Er saß hinter dem Schreibtisch in seinem Amt und bearbeitete die Akten. Ein Kollege trat mit einem Bündel Schriftstücke unter dem

Arm ein. Er blieb in der Tür stehen und Herr Kues erhob sich. Der Kollege fing an, lauthals zu lachen und zeigte mit dem Finger auf Herrn Kues. Dabei rief er nach den anderen Mitarbeitern. Nach und nach füllte sich das Arbeitszimmer von Herrn Kues. Alle lachten und zeigten mit ausgestreckten Armen auf ihn. Schließlich erschien auch der Vorgesetzte von Herrn Kues und war zunächst entrüstet über den Lärm. Als er aber Herrn Kues sah, war der Ärger verschwunden und er lachte mit allen anderen, die in dem Raum waren.

Als Herr Kues an sich herunter sah, bemerkte er, daß er in Unterhosen hinter seinem Schreibtisch stand, in weißen Baumwollunterhosen. Herr Kues richtete seinen Blick wieder auf die Kollegen, aber sie waren verschwunden. Er befand sich auch nicht mehr in seinem Arbeitszimmer im Amt, sondern in einer Sporthalle. Er war ein Junge und er lachte, so wie alle anderen um ihn herum auch lachten. Dann wurde er sich langsam bewußt, daß erneut er die Ursache des Gelächters darstellte. Alle anderen in der Halle trugen Sportkleidung. Nur er hatte ein weißes Baumwollunterhemd an und dazu eine ebensolche Unterhose. Zu seinen Füßen befand sich eine kleine Pfütze. Der kleine Herr Kues hörte auf zu lachen, seine Gesichtszüge wurden ausdruckslos und er schloß die Augen.

Er war schweiß gebadet und er rang nach Luft.

Um ihn herum tauchte langsam sein Zimmer aus dem Nebel auf. Er atmete hastig und flach:

„Ich bin in der Klinik", dachte er, „ich bin in Sicherheit."

Er fragte sich, warum er diese merkwürdigen Dinge träumte. Was war das für ein Junge, der so aussah wie er? Sollte er es am Ende selber gewesen sein? Herr Kues konnte sich nicht an ein solches Ereignis in seinem Leben erinnern.

Seine kurzzeitig wiedergewonnene Sicherheit schwand mit dem Fortschreiten des Tages immer mehr. Herr Kues fühlte sich wieder gefangen und eingeengt.

Herr Kues ging auf den Balkon. Er hatte schon lange nicht mehr auf dem Stuhl dort gesessen. Es war ein schöner Spätnachmittag; die Sonne strahlte vom blauen Himmel und schickte ihre wärmenden Strahlen hinunter auf die Erde. Die ersten Minuten empfand er die Wärme auf seinem Gesicht als äußerst wohltuend. Er schloß die Augen.

Herr Kues war im Wasser. Irgendetwas zog ihn nach unten und hielt ihn an seinen Füßen gefangen. Der Gefangene strampelte wild mit Armen und Beinen und versuchte, an die Wasseroberfläche zu gelangen. Die Versuche waren vergeblich. Die Panik nahm in dem Maße zu, in dem die Luft in den Lungen abnahm.

„Nein!" stieß Herr Kues hervor. Mit einer für ihn ungewöhnlich schnellen Bewegung sprang er auf und der Stuhl krachte gegen die Wand hinter ihm. „Ich will das nicht!" sagte er.

Zwei Minuten später hatte er sein Zimmer und das Klinikgebäude wieder verlassen. Er keuchte noch, als er den Weg erreichte, der ihn in den Wald führte. Er blieb kurz stehen und versuchte, seine Atemfrequenz herabzusetzen. Dann hastete er weiter.

Die Bäume um ihn herum waren grün, er hörte das Zwitschern der Vögel und ganz allmählich verlangsamte sich sein Schritt. Sein Atem ging immer regelmäßiger und auch sein Herzschlag verlangsamte sich. Die Schmerzen in der Seite ließen nach und verschwanden schließlich ganz. Der Weg führte jetzt am Waldrand entlang. Rechts von ihm dehnten sich Getreidefelder. Das Korn stand hoch und war erntereif. Zwischen den goldgelben Halmen sah man überall kleine rote und blaue Blumen. Das gefiel Herrn Kues sehr gut. Ein Stück weiter stand eine Bank. Als er sie erreicht hatte, ließ er sich auf ihr nieder und sein Blick ruhte auf der weiten, wogenden Masse aus Getreidehalmen.

Herr Kues fühlte sich sehr wohl. In seinem Innern breitete sich eine Wärme aus, die die Muskeln in seinem ganzen Körper vollkommen entspannen ließ und seine Mundwinkel zu einem leichten Lächeln formte. Er hätte dem alten Mann besser zuhören sollen bei der Wanderung, dachte er sich, denn die Namen der hübschen roten und blauen Blumen wollten ihm nicht mehr einfallen. Er schloß die Augen und genoß die unendliche Wärme der Sonne auf seinem Gesicht und seinem gesamten Körper. Es war, als wenn seine Haut brennen würde und doch konnte es nicht heiß genug sein.

Die Wiese nahm die ganze Fläche der Lichtung ein. In der Mitte wurde sie von einem kleinen Pfad geteilt, der sich von dem einen zum anderen Waldesrand schlängelte. Das Gras stand hütfhoch und Tausende weißer und gelber Blumen hatten ihre Blüten geöffnet. Der Himmel war so blau, wie er nur sein konnte. Im Sonnenlicht tänzelten Hunderte von Schmetterlingen über die Lichtung und die Luft war erfüllt vom Summen der unzähligen nektarsuchenden Bienen.

„So könnte es immer sein!" sagte die junge Frau. Sie lag auf dem Rücken im Gras, den Kopf auf den Beinen eines jungen Mannes.

Dieser hatte die Arme auf die Ellenbogen gestützt, wodurch sein Oberkörper leicht erhoben war. In seinem Mund bewegte er das Ende eines Grashalmes immer von der einen auf die andere Seite.

„Ja, immer", sagte er, „warum denn nicht?"

„Helmut!" Die junge Frau hob den Kopf: „Das weißt Du genau!" Sie setzte sich auf. „Wir müssen vernünftig sein."

„Vernünftig, ha!" Helmut ließ sich der Länge nach ins Gras fallen, „was ist vernünftig? Wer bestimmt, was das ist?"

„Laß' uns nicht schon wieder darüber streiten. Der Tag ist so schön und heute ist es für immer!"

Helmut schwieg.

„Komm!" rief sie und war mit einem Satz auf den Beinen, „fang' mich!" Sie rannte durch das Blumenmeer davon.

Helmut zögerte einen Moment, dann war auch er auf den Beinen.

„Was soll's! Heute ist es für immer!" sagte er und lief ihr nach. Beide hüpften lachend kreuz und quer über die Lichtung.

Herr Kues öffnete die Augen: Eine Wolke hatte sich vor die Sonne geschoben. Es war keine große Wolke und die einzige weit und breit. Für einen kurzen Moment war es kühl. Herr Kues fröstelte. Doch im nächsten Augenblick hatte die Sonne die Wolke zur Seite geschoben und es war so warm wie zuvor. Von dem Mädchen und dem jungen Mann war nichts zu sehen. Auch die Blumenwiese war verschwunden. Vor Herrn Kues befand sich nur das Getreidefeld, dessen Ähren sich langsam auf ihren Halmen hin und her bewegten. Herr Kues erhob sich und setzte seinen Weg fort.

Dem nächsten Weg, der ihn vom Wald weg, weiter in die Felder führte, folgte er. Überall säumten die unterschiedlichsten Blumen den Wegesrand. Da gab es mannshohe mit gelben Blüten, deren Dolden wie Kerzen aussahen; daneben kleine lilafarbene, die sich am Boden entlang wanden. Andere hatten Blüten, die dem Maul eines Löwen glichen; und wieder andere sahen aus wie Spiegeleier. Herr Kues betrachtete jede einzelne mit großem Interesse. Er ließ sich viel Zeit dabei.

Als er den Waldrand auf der gegenüberliegenden Seite erreicht hatte, sah er die Brombeerbüsche. Er sah, daß sie über und über mit dunklen, fast schwarzen Früchten bedeckt waren, die in der Sonne glänzten. Es war, als lachten sie ihn an. Ehe er wußte, was er tat, hatte er eine dieser Früchte in der Hand und steckte sie sich in den Mund. Er war so angetan von der Süße, die er verspürte, daß er sogleich eine zweite pflückte und sie der ersten in den Mund folgen ließ. Die nächste halbe Stunde verbrachte er damit, jede erreichbare Beere seinem Magen zuzuführen. Er tat es mit großem Genuß.

„Ich mag Brombeeren", sagte er und faßte einen Entschluß.

Die Menschen an seinem Tisch waren dieselben wie all die Tage zuvor. Sie trugen andere Kleidung, aber ansonsten hatten sie sich nicht verändert. Sie redeten über dieselben Dinge und sie stellten dieselben Fragen wie jeden Tag. Herr Kues antwortete dasselbe und nickte oder schüttelte den Kopf wie all die anderen Tage. Es war alles so, wie es Herr Kues mochte, weil es so war, wie es immer war.

Und doch war es nicht wie immer. Herr Kues wußte, daß dieses „Immer" bald enden würde. Es war nur ein vorübergehendes „Immer". Das erste Mal, seit er sich erinnern konnte, wußte er, daß etwas endlich war. Er wußte, daß es nicht wichtig für ihn war. Es würde auch nie wichtig für ihn werden. Wenn es vorbei war, war es vorbei. Die Wahrscheinlichkeit, einen der Menschen wiederzusehen, die er hier getroffen hatte, war verschwindend gering und die, noch einmal einige Zeit in dieser Klinik verbringen zu müssen, war auch nicht viel größer. Herr Kues würde in ein paar Tagen diesen Ort verlassen und in seine Wohnung und sein Amt zurückkehren. Das war wichtig für ihn. Alles andere nicht. Herr Kues mochte die Menschen hier deswegen nicht mehr, aber er konnte ihre Gegenwart besser ertragen. Die Gewißheit, daß es nur eine Episode in seinem Leben war, machte dies für ihn möglich.

XII

Herr Kues betrachtete sein Reisegepäck. Es stand mitten im Zimmer und sah genauso aus, wie vor drei Wochen. Damals stand es an genau derselben Stelle und es hatte genau denselben

Inhalt wie heute. Was hätte sich auch groß verändern sollen? Morgen früh war es soweit: Herr Kues würde vor der Klinik ein Taxi besteigen, dann den Zug in Wittlich, einen anderen in Koblenz und schließlich einen weiteren in Köln. Am späten Nachmittag würde er dann nach einem letzten Zugwechsel den Bahnhof seines Heimatortes wieder erreicht haben.

Herr Kues saß in dem Stuhl, der neben der Balkontür stand. Er wirkte zufrieden; sehr zufrieden. Er wirkte auch sehr ruhig und sehr entspannt.

Das Packen war sehr schnell gegangen: Alles hatte seinen Platz in dem jeweiligen Koffer und es hatte keinen Grund gegeben, an der Verteilung etwas zu verändern.

Während des Tages hatte er sich wie immer verhalten. Er hatte im Laufe seines Aufenthaltes viele Patienten ankommen und abreisen gesehen. Die meisten taten ihre bevorstehende Abreise mehrere Tage vorher kund:

„In zwei Tagen geht es endlich nach Hause!" oder:

„Montag ist es so weit!"

Diese Ankündigungen nötigten den Mitpatienten ein:

„Sind die drei Wochen denn schon rum?" oder ein:

„Ich muß noch eine Woche bleiben!" ab.

Am Abreisetag fand dann eine Abschiedszeremonie statt, als würden sich die allerbesten Freunde für immer trennen. Dabei kannten sich fast alle Patienten vor ihrem Aufenthalt nicht und genauso viele würden sich in ihrem Leben nie wiedersehen.

Herr Kues vermied diese Zeremonie. Er hatte gegenüber niemandem seinen Abreisetag verlauten lassen. Er würde die Klinik verlassen und sein Platz am Tisch Nummer 12 im Speisesaal blieb einfach unbesetzt. Was man dann über ihn sagte, war ohne Bedeutung für ihn. Für ihn war es entscheidend, endlich wieder nach Hause zu kommen. Er betrachtete seine Koffer und lächelte. Er wußte, daß nicht alles so wie vor drei Wochen war, auch wenn es den Anschein machte.

Herr Kues dachte an den gestrigen Tag, an das sogenannte Abschlußgespräch, in dem er zu seinem Eindruck über die Fortschritte und den Erfolg der einzelnen Therapiemaßnahmen während des Aufenthaltes befragt worden war. Er hatte alle Fragen des Arztes mit „gut" oder „positiv" beantwortet, was dieser auch nicht anders erwartet zu haben schien. Es gäbe noch einen schriftlichen Bericht für seinen Arzt, in dem auch Empfehlungen für das weitere Vorgehen stünden, hatte ihm der Doktor noch verkündet. Dann mußte er einen kurzen Vortrag über die Wichtigkeit der inneren Einstellung bei der Genesung über sich ergehen lassen und er erfuhr, wie wichtig die konsequente Weiterführung der hier begonnenen Maßnahmen für die Zukunft seiner Gesundheit sei. Der Doktor hatte mit dem Appell geendet, daß jeder letztlich für seine Gesundheit selber verantwortlich wäre.

„Eben", hatte Herr Kues gedacht und sich mit einem „vielen Dank, Herr Doktor", verabschiedet.

Die letzten Strahlen der Abendsonne schienen auf Herrn Kues und seine Koffer.

„Eben!" sagte er laut und schlief sanft ein.

„Warum haben sie das zugelassen?"

Herr Kues zuckte zusammen. Er stand vor einem großen, hohen Tisch, der sich in einem großen Saal befand. Herr Kues sah sich um: Hinter ihm waren links und rechts eines Ganges unendlich viele Stuhlreihen zu erkennen. Neben und hinter dem hohen Tisch vor ihm hingen Bilder an der Wand, die Porträts irgendwelcher bedeutender Herren zierten. An dem Tisch vor ihm saß ein alter Mann in einer Art schwarzem Umhang. Er trug eine Perücke mit langen, gelockten weißen Haaren. In der rechten Hand hielt er einen kleinen Hammer.

Herr Kues schluckte. Er war in einem Gerichtssaal und außer ihm und dem Richter war niemand sonst zu sehen.

„Sie schweigen, Angeklagter?" donnerte der Richter von oben und Herr Kues hatte den Eindruck, ganz tief im Boden zu versinken.

„Sie hätten etwas tun müssen, Angeklagter! Ihr Nichtstun macht Sie schuldig! Nennen Sie mir einen vernünftigen Grund dafür oder ich muß sie verurteilen!" Bei den letzten Worten lag etwas Zufriedenes in der

Stimme des Richters.

„I-I-Ich…", stotterte Herr Kues.

„Sie vergeuden die kostbare Zeit des Gerichts, Angeklagter!"

„Weil, weil es immer so war", brachte Herr Kues hervor, „weil es immer so war."

„Weil es immer so war?" wiederholte der Richter. „Was soll das heißen? Was Besseres fällt Ihnen nicht ein!"

Herr Kues schwieg.

„Sie hatten genug Zeit, etwas zu ändern. Es lag alleine bei Ihnen. Die Konsequenzen haben Sie sich ganz alleine zuzuschreiben, Angeklagter!"

Der Richter schwieg für einen Moment und erhob sich dann:

„Hiermit verurteile ich Sie, Helmut Kues, wegen Untätigkeit und Unfähigkeit zur Veränderung zu lebenslangem…"

Um Herrn Kues drehte sich alles. Die letzten Worte des Richters konnte er nicht mehr hören. Dann sauste der Hammer mit einem lauten Knall auf den Tisch nieder.

Um Herrn Kues herum war es dunkel. Die Sonne war verschwunden und die kühle Nachtluft drang ins Zimmer. Herr Kues atmete tief. Er hatte nur geträumt, dachte er, alles war nur ein Traum. Aber er fürchtete sich. Er konnte sich an keine Nacht erinnern, die er ohne Alpträume zugebracht hatte. Er kannte es nicht anders.

„Es war immer so und deshalb ist es gut", dachte er. Doch dann fielen ihm die Brombeeren ein und die Blumen auf den Feldern, die er bei seinen Spaziergängen gesehen hatte. Er dachte an seine Besuche in dem kleinen Weinlokal. Das alles war gut, obwohl es nicht immer so war.

„Es ist nicht gut", dachte er, „es war immer so und doch ist es nicht gut. Jetzt ist es gut, obwohl es nicht immer gut war."

Langsam verließ der Zug den Bahnhof. Herr Kues war durch das dunkle Loch in das Innere des Wagens gelangt und hatte sich auf einem der Plätze niedergelassen. Der Zug war nicht sehr voll um diese Tageszeit.

Herr Kues saß am Fenster und die Landschaft sauste vorbei. Unbeirrt nahm der Zug seinen Weg: Stadt für Stadt, Bahnhof für Bahnhof. Herr Kues war mit seinen Gedanken weit weg. Ihn störte nicht die Großfamilie, die sich um ihn herum verteilt hatte und deren einzelne Mitglieder lebhaft in einer ihm unbekannten Sprache kommunizierten. Auch die ältere Dame und ihr Mann, die später hinter ihm saßen und wohl aufgrund ihres Alters ziemlich lautstark über ihren Sohn und dessen unmögliche Frau und die noch unmöglicheren Kinder redeten, brachten ihn nicht aus der Fassung. Selbst die wirklich ungeheure Ansammlung von Reisenden auf dem Kölner Bahnhof konnte ihm nichts anhaben.

In seinem Kopf rotierten Bücher von Tieren und Pflanzen und er sah sich Kataloge mit

Fitneßgeräten durchblättern. Listen mit Dingen, die er unbedingt erledigen wollte wurden erstellt und ebenso schnell wieder verworfen, wie sie entstanden waren. Er konstruierte neue, ergänzte, reduzierte.

Als der Zug seinen Heimatort erreicht hatte, war in seinem Kopf ein wie in Stein gemeißelter fertiger Plan. Herr Kues durchschritt ein letztes Mal das dunkle Loch und verschwand in der Helligkeit dahinter.

XIII

Wochen waren vergangen seit jener Zugfahrt. Herr Kues verließ das alte, rote Backsteingebäude, wie er es jeden Tag um diese Zeit verließ. Sein Weg führte ihn durch dieselben Straßen, an denselben Geschäften vorbei bis zu dem Haus, in dem seine Wohnung lag.

Er schloß die Haustür auf und stieg die Stufen empor, so, wie er es Tag für Tag, Woche für Woche, Monat für Monat, Jahr für Jahr getan hatte Dann endlich öffnete sich die Wohnungstür, er trat hindurch und sie fiel hinter ihm wieder ins Schloß. Herr Kues stellte seine alte Aktentasche ab und lockerte den Knoten seiner Krawatte. Er lächelte.

Herr Kues dachte an die Zeit, die seit seiner Rückkehr aus dem Ort, der zu einem Teil seinen

Namen trug, vergangen war. Er war nicht untätig gewesen seitdem.

Herr Kues betrat den Raum am Ende des Flures. Einiges hatte sich verändert in den letzten Wochen: Die alte Couch und die anderen alten Möbel waren verschwunden. Der eine Teil des Zimmers glich dem Raum in der Klinik, in dem Herr Kues seine Übungen hatte machen müssen. Nur, daß er natürlich viel kleiner war und nicht so viele Gerätschaften wie dieser aufwies: Ein Ergometer leistete einem Rotator Gesellschaft.

Herr Kues ging zu dem großen, bequemen Sessel, der vor dem Fenster stand. Langsam setzte er sich, nachdem er die Gartenbücher, die dort lagen, ordentlich in dem Regal an der Wand neben den anderen Pflanzenbüchern verstaut hatte.

Auf dem kleinen Tischchen neben dem Sessel stand eine Flasche Wein. Er schaute auf das Etikett und sein Blick ging in die Ferne. Seine Gedanken waren einen kurzen Moment in jenem kleinen Kellerraum in der engen Straße in Bernkastel. Herr Kues schenkte sich etwas in das Glas ein, das neben der Flasche stand. Er hob es in die Höhe und betrachtete die Flüssigkeit: Es war ein tiefes Goldgelb, daß ihm entgegen schimmerte. Herr Kues prostete jemandem zu, den nur er sehen konnte. Dann nahm er einen kleinen Schluck. Sein Gesicht machte einen sehr zufriedenen und entspannten Eindruck. Er dachte an seinen nächsten Urlaub. Herr Kues lächelte. Es war das erste Mal, seit er sich erinnern konnte, daß er sich auf seinen Urlaub freute.

Herr Kues war immer noch Herr Kues. Er war kein anderer geworden, aber er hatte sich verändert. Er stellte das Glas ab, nahm das kleine Buch von dem Tischchen und schlug es auf.

„Guten Tag – Bon Giorno", sagte er und lächelte wieder.

ENDE

Über den Autor

Das Licht der Welt erblickte ich in einem eher dörflichen Ortsteil einer großen deutschen Stadt, die zu jener Zeit in zwei Hälften geteilt war. Hier erlebte ich den Mauerbau und den Mauerfall mit. Besonders die Zeit zwischen den beiden Ereignissen hat mein Leben maßgeblich geprägt und den weiteren Lebensweg nicht unwesentlich beeinflusst.

Nach dem erfolgreichen Bestehen des Abiturs besuchte ich die Freie Universität. Dort führte ich über einige Jahre verschiedene Studien in unterschiedlichen Fachrichtungen durch.

Im Anschluss an diese aufschlussreiche Zeit begann ich, mich beruflich in den kaufmännischen Bereich zu orientieren, wo ich in verschiedenen Positionen zum Wohle eines Unternehmens tätig war.

Obwohl ich seither meine Heimatstadt immer wieder für längere und kürzere Zeiträume verlassen habe, um mir ein Bild von anderen Teilen der Welt zu machen, habe ich ihr doch nie den Rücken gekehrt. Noch heute lebe und arbeite ich dort.

Mit dem Schreiben habe ich schon sehr früh begonnen, es aber bis vor einigen Jahren mehr als eine Art persönliches Hobby angesehen. Es war kein leichter Schritt mit einem eigenen Buch in die Öffentlichkeit zu gehen. Schließlich habe ich es mit „Eine Woche und sieben Tage" gewagt. In der Zwischenzeit sind aus dem einen Buch mehrere geworden.

Ich wünsche allen Lesern, wobei hier natürlich auch die weiblichen Freunde meiner Bücher gemeint sind, viel Freude an der Lektüre dieser Werke.

Klaus-Jürgen Sparfeld.

Vom Autor bisher erschienen:

Der dunkle Tag
Roman, 144 Seiten, Paperback
Herstellung und Vertrieb: Books on Demand GmbH, Norderstedt, ISBN
978384 4800234

Eine Woche und sieben Tage - Auf dem Weg ins Abenteuer - Teil 1 der Trilogie
Abenteuerroman, 132 Seiten, Paperback
Herstellung und Vertrieb: Books on Demand GmbH, Norderstedt, ISBN
978384 4800685

Eine Woche und sieben Tage - Der Weg zum Sternenhaus - Teil 2 der Trilogie
Abenteuerroman, 140 Seiten, Paperback
Herstellung und Vertrieb: Books on Demand GmbH, Norderstedt, ISBN
978384 4806601

Eine Woche und sieben Tage - Der Kreis schließt sich - Teil 3 der Trilogie
Abenteuerroman, 156 Seiten, Paperback
Herstellung und Vertrieb: Books on Demand GmbH, Norderstedt, ISBN
978384 4809602

Eine Woche und sieben Tage
Gesamtausgabe der Trilogie
Abenteuerroman, 260 Seiten, Paperback
Herstellung und Vertrieb: Books on Demand GmbH, Norderstedt, ISBN
978383 7034967

Herr Kues
Roman, 140 Seiten, Paperback
Herstellung und Vertrieb: Books on Demand GmbH, Norderstedt, ISBN
978383 9111765

Und dann kam Pit
Roman, 164 Seiten, Paperback
Herstellung und Vertrieb: Books on Demand GmbH,
Norderstedt, ISBN 978384 4813470

Weitere Leseempfehlung:

Owe Klajü - Das Nordlicht, das Bier und ich
Roman, 198 Seiten, Paperback
Herstellung und Vertrieb: Books on Demand GmbH, Norderstedt,
ISBN 978374 1263316